扇物語

オウギモノガタリ

西尾維新

NISIOISIN

第六話 扇・明燈

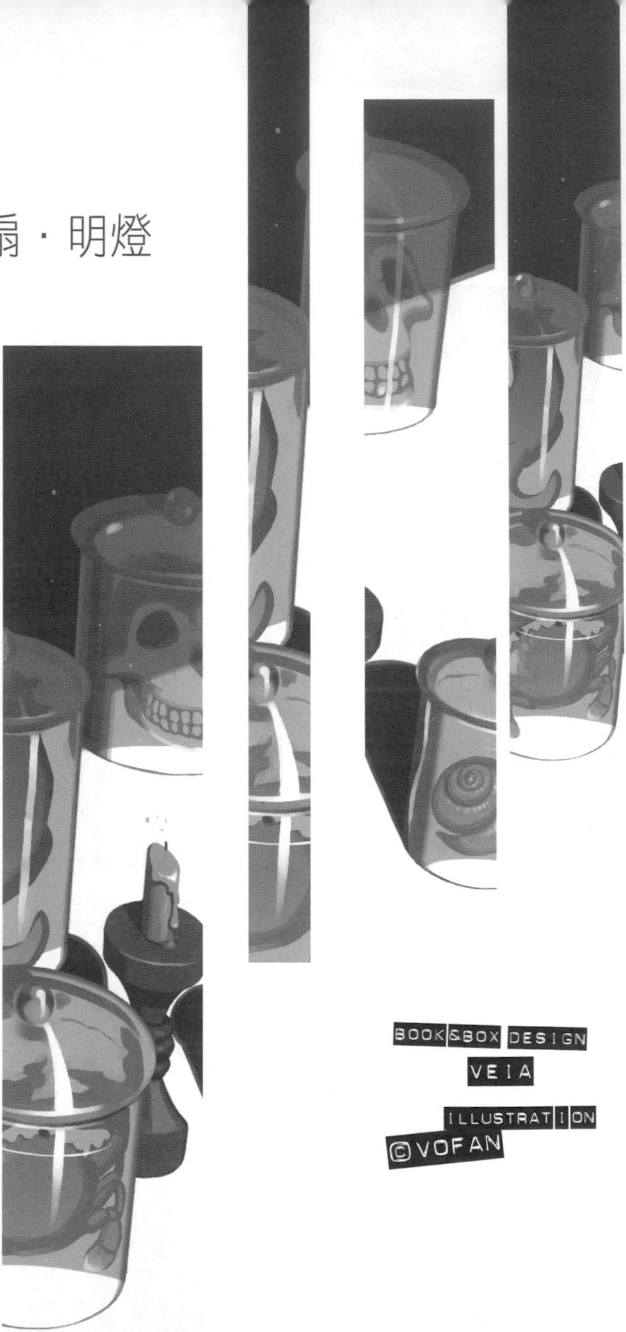

BOOK&BOX DESIGN
VEIA

ILLUSTRATION
©VOFAN

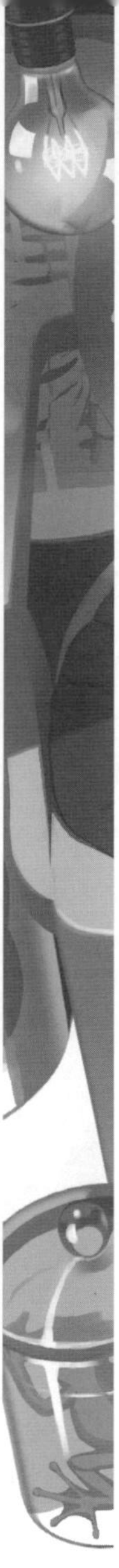
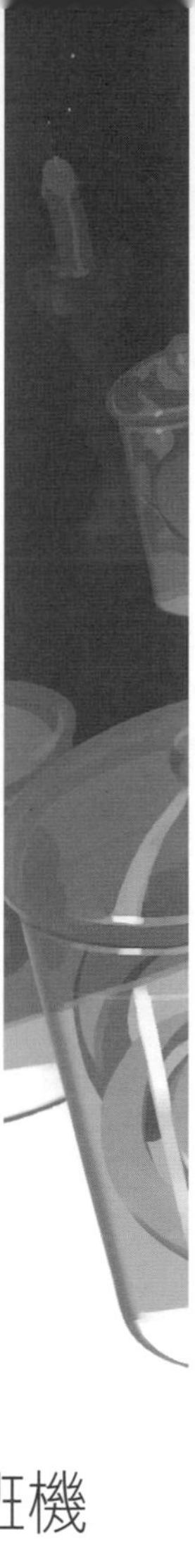
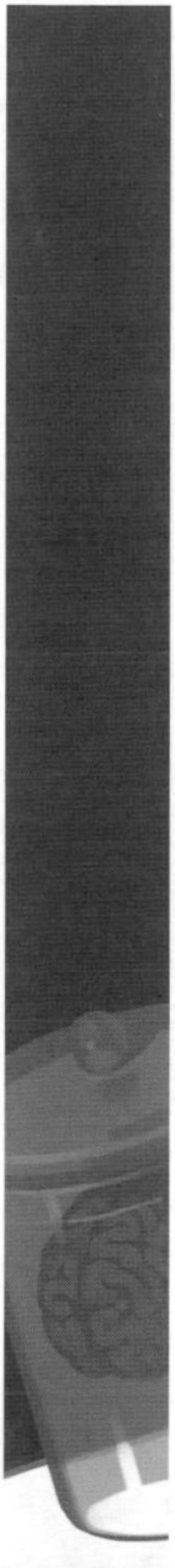

第七話　扇・班機

第六話 扇・明燈

OSHINO OUGI

001

上洛落葉這個人，說穿了就是這場騷動的發起人，不過依照實際的感覺，我至今還是覺得這個真相格格不入。別說收進心裡，甚至無法下嚥。依照以往的流程，我會在這段前言列舉關於她的特記事項，試著適度炒熱氣氛，但是唯獨關於上洛落葉這個人，究竟要寫什麼？該寫什麼？或是不想寫下什麼？我毫無頭緒。

因為沒有特記事項。

沒有特別要記載的事項。

沒有即使不特別也要記載的事項。

稿紙寫不滿。

在這裡說個祕密，我……不對，應該說「我們」看見有趣的人會覺得有趣，對於好奇的人會感到好奇。看見奇怪的人會覺得不正常，對於異常的人會異常著迷，喜歡天才，熱愛笨蛋。

看見特別的人會覺得特別。會想要記載下來。

上洛落葉並非如此。

她不是揮動文具的大小姐，不是會咬人的迷路小孩，不是遙不可及的超級明星，也不是只有可愛可言的國中生，更不是班長中的班長。

她就是上洛落葉。

她當然是事件的起因，甚至算是元凶，我在調查過程中也掌握了類似個人資料的情報，不過與其說是情報太少所以花了不少時間才見到她，應該說即使情報內容完全不同，事態應該也沒什麼特別的變化。

這種鋪陳沒有前例。

我個人很想這麼說，不過這種事至今應該屢見不鮮，發生的次數多到不可數吧……肯定只是注意力散漫的我沒察覺。因為除了她以外，像她這樣的人還是存在的……而且是大量存在。

無量大數般存在。

身為真凶，身為凶惡犯的她，真要說的話不必是她。隨便找別人當成主謀也沒關係。她可以是他，可以是任何人，甚至是我都沒關係。

我反倒心想……真是不可思議。

為什麼不是我？

我並不是沒在生氣。她將我的周圍擾亂得天翻地覆，我絕對不是沒感到怒火中燒，但若我一氣之下失控動手就太過分了，因為任何人都可能發生這種事。

不對。

應該說任何人都可能犯下這種錯。

所以也不得不原諒吧。

即使受到嚴重損害的範圍多麼大，即使在未來種下禍根，造成不可能回復原狀的傷害，我們還是必須赦免這個毫無惡意的罪過吧。

即使她連一句道歉都不說。

002

「我不道歉。一句道歉都不說。

手不會放下去，腳不會跪下去。

頭不會低下去。

不贖罪，不求饒，不受罰。

因為我是對的。我沒有錯。無論誰怎麼說，無論誰想氣我，無論誰想罵我，公理都站在我這邊。

要是道歉就輸了。

我不想輸。所以不道歉。

可是，既然這樣，只要沒道歉就是我贏嗎？我實在不這麼認為。至少我不覺得痛快。

甚至覺得不快。

基於這層意義，我認為將棋的棋士很了不起。即使除去卓越的能力，我也不得不感到尊敬。他們讓我學會了尊敬他人的情感。在棋盤上再也沒有棋步能反敗為勝的時候，必須親口清楚說出『我輸了』或是『沒棋步了』這種話認輸，將棋有這條無情的規則吧？

因為能力卓越，所以這樣認輸很屈辱對吧？

即使是名人或是擁有段位也一視同仁。

有人說高爾夫球沒有裁判，是適合紳士淑女的一項運動，但將棋也不到必須捨棄的程度吧？話是這麼說，不過以我的做法，我會自暴自棄直接掀掉棋盤。

我沒辦法認輸。

反過來說，只要不認為自己輸就不算輸，同樣的，只要不認為自己有錯，那麼自己就沒錯嗎？

只要不道歉，或許這樣不算贏，但我是不是藉由不道歉來拒絕成為有錯的那一方？假設是這樣的話，那我這個人就是潔癖對吧？

是潔癖，也是潔白對吧？

我果然是清白的。

清淨又潔白。

就像是潔癖愈嚴重的人，房間也愈髒亂。不過我的房間還算乾淨。

說不定世間也有這種不服輸的棋士。與其主動認輸，寧願在對手下了任何致勝棋步的時候都默不作聲，企圖以比賽時間結束的形式敗北。

如果真的有這種棋士肯定會飽受批評吧，但我會對這種逞強者產生共鳴。

我居然用了『者』這個字。

我自己說了都想笑。

總之，擁有能力或地位的人，會在眾目睽睽之下垂頭喪氣。將棋對奕的實況轉播，是很像企業、政治家或藝人謝罪記者會的殘酷表演。

想看看在戰國時代應該能成為智將的偉大棋士內心受挫屈服的模樣，因而收看電視賽事的將棋迷，肯定也不在少數吧。

沒有嗎？

個性這麼惡劣的只有我一人？

哎呀，這樣啊。

我失言了。這樣算是露出馬腳嗎？

但是，我不道歉。

要道歉的是你——阿良良木曆。」

003

「雖說物語——」

說到一半，命日子改口說「錯了錯了，不是物語〰〰」加以訂正。

「雖說事物都有表裏兩面，但實際上是什麼狀況呢〰〰？應該是表中有裏？還是裏中有表〰〰？」

如果是這個問題，那麼她不必刻意訂正，「事物」就這麼說成「物語」應該也沒任何問題，不過反正命日子不可能對我提出意義深奧的哲學問題。我在國立曲直瀨大學唯一的朋友食飼命日子，並不是這樣的女大學生。

她和「意義深奧」這種字眼無緣。

但要說她膚淺的話，卻也不是這麼回事……如果模仿她的風格來形容，她喜歡的是「無意義的深奧」。

話說回來，對於熟悉高中時代的我——阿良良木曆的人們來說，「我交到朋友」這個消息的震撼程度或許不下於「我有了孩子」，不過我自己對此都備受震撼。

我不交朋友，因為會降低人類強度——說來丟臉，昔日堅持這個主張的我自知丟臉而改變心態，如今肯定已經脫胎換骨煥然一新才對，即使如此，就讀大學至今約九個月，我居然還是只交到一個朋友……正常來說，光是玩手遊都能交到更多朋友。

我和命日子是在入學之後就簽訂友好條約，我以為這麼一來在大學時代的我將會別有一番風味，沒想到卻是一模一樣。別說微增，從某些角度來說甚至是驟減。我的孤立主義頑固保持傳統味道，毫不動搖。

說到只會在校內見到的朋友，起碼還可以加上沒有大學學籍的孔雀小妹，不過將她列為朋友的時間點，就更可以說我看起來毫無成長吧。

甚至可以說退化。

順帶一提，我和兒時玩伴老倉現在是絕交狀態。真是的，那傢伙還是一樣愛生氣，真難應付。我只不過是搬到她住的公寓隔壁房間罷了。

那種暴躁的脾氣必須想辦法處理才行。由我來處理。

不提這個，我來回答唯一朋友的這個問題吧。因為是唯一。

身為人類，要好好重視朋友。

我秉持的這個哲學早已成為非常理所當然的口號，不過在學校餐廳研究期末考對策的時候，她向我提出這個像是謎題的疑問，所以我就回答她吧。不過「疑問」理所當然就是「謎題」沒錯。

「表與裏？啊啊——」

我隱約想起一舉一動都是難解謎題的高中時代學妹，並且思考……她剛才說什麼？是表中有裏？還是裏中有表？原來如此，她問的不是「表的裏是裏嗎？裏的表是表嗎？」，這應該就是這個二選一問題的奧妙之處吧。

我感覺大腦在運轉了。

「應該是裏中有表吧。」

我解答了。如果這個答案拿得到學分，就不用像這樣唸書準備考試了……不過在我的人生當中，總是有女生教我功課耶。

「嗯嗯，根據是什麼呢？」

「寫成漢字就看得出根據吧？『裏』這個漢字裡面有『表』這個字。」

換句話說就是「裏中有表」。

「亠」＋「口」＋「表」＝「裏」。

雖然書寫順序完全錯誤，不過就是這麼回事。

在「裏」的「口」加蓋——就成為「表」。

「答對了～～掌聲鼓勵～～」

命日子毫不保留地鼓掌叫好。

站在我的立場，我很想稱讚妳居然會發現這種東西，不過她是為了專攻密碼學而就讀數學系的怪胎，這種程度的出題或許是初步的初步。以推理風格來說就是江戶川初步。

從這一點來看，感覺她確實是我唯一的朋友，卻也覺得她似乎在考我。在準備期末考的這時候考我。

這是心理測驗嗎？

「不不不，我是由衷稱讚喔～～真虧你沒寫在筆記本也猜得到耶，小曆～～看來你腦子裡有一塊白板耶～～」

「呵，小曆我在小學時代被稱為挖番薯機器人權助，可不是浪得虛名。」

如果是活了六百年的吸血鬼就算了，同世代的女大學生是否聽得懂《21世紀小福星》的哏，可說是非常危險的賭注，不過命日子「啊哈哈哈哈～～」笑了。

哎，這傢伙不管我說什麼都會笑。

所以我也忍不住尋求刺激感。

「emoji是吧～～『曆』這個漢字看起來確實像是機器人，我好羨慕～～」

「不過即使名字像是機器人，也沒有半點好處就是了。」

「很好喔～～哪像我叫做命日子耶～～每天都當成命日在生活耶～～命日（註1）好多好多～～」

many是吧。

註1　日文的「命日」意指「忌日」。

真要說的話，「食飼」這個姓氏比「命日子」更加獨特，我之前聽她說過，這個姓氏很像是倉鼠所以她很喜歡。好像是因為當年養過倉鼠……就算這樣，我也難免懷疑她可能是因為姓「食飼」，所以不養貓狗而是養倉鼠。

不知道是先有雞，還是先有蛋。

她對字面的計較程度非比尋常。

實際上，在至今的人生中，「表」與「裏」這兩個字我也寫過無數次，但是直到此時此刻都沒想過這種事。今後寫這兩個漢字的時候，我都會忍不住注意到這一點……要說我的人生觀與我的人生本身因而改變也絕不誇張吧。

不，其實算是誇張了，不過基於這層意義，確實，反過來說，實確，真虧這傢伙願意和國文成績不好的我成為好朋友……只不過以命日子的狀況，她絕對不是只有我這個朋友，誇稱擁有厚厚一本交遊錄。

聽說她同時加入二十五個社團。

校內社團居然多達二十五個，我對此感到驚訝。

妳在各個社團都有很想做的事嗎？

和我高中時代的學友相比，她的角色特質相當罕見……畢竟優等生羽川絕對不是朋友很多的類型，即使神原是社交之鬼，也只在特定的領域大放異彩。

而且在女籃社這個特定領域，也只是看起來清新爽朗，實際上陰溼得像是一灘爛泥，又軟又黏，沾到衣服就洗不掉的程度。

不過，關於這次「表與裏」的問題，並不是只著重於字面的出題，由此可見食飼命日子依然深不可測。

也可以說是根深柢固……無意義到根深柢固的程度。

「雖說物語～～更正，雖說事物都有表裡兩面～～不過實際上『裏』之中有『表』對吧～～」

命日子繼續這麼說。

不是對我講解ABC猜想。

「關於對義詞的不對稱性～～最近經常會引人深思對吧～～『上』的相反不一定是『下』，『右』的相反不一定是『左』，『前』的相反不一定是『後』，『贊成』的相反不一定是『鹼性』（註2）對吧～～」

「最後的舉例是不是搞混了？」

「『被害』的相反不一定是『加害』對吧～～」

說到這裡，她暗藏玄機般將視線瞥過來。與其說是看我，應該說是向我使了一個眼神，就像在強調這裡是重點。做朋友的我很難無視於她的視線。

註2　日文「贊成」與「酸性」音同。

這是試膽時間。

幸好關於「加害」或「被害」這方面的用語，我在這十九年獲得許多深入考察的機會。與其說是十九年，或許應該說是最近這幾年的經歷，總之我在這方面經常被某個夏威夷衫大叔嚴厲譴責，宣稱看不慣我老是裝出被害者的模樣。

不過，居然聊到「被害」與「加害」的不對稱性，總覺得她說得挺複雜的。

只因為沒加入「者」這個字。

「上」與「下」、「左」與「右」這些字確實具備相對的性質，嚴謹程度低到只要照鏡子就可能完全相反，所以還算容易理解，不過「被害」與「加害」難道不是完全對稱嗎？

比方說加害者換個角度來看是被害者，只要加上「者」這個字，肯定就具備這種意義吧……或許該說是惡性循環，這麼一來，這個問題就已經和字面無關，是社會性的命題。

表的裏是裏，不過裏的裏是裏嗎？

有一句成語是「表裏如一」，不過硬幣正因為表裏各自固定不同，才能以擲硬幣的方式當成公平的二選一……如果像是嘴巴咬尾巴的銜尾蛇那樣混亂難解，那麼美式足球賽將永遠無法開始。

我沒玩過什麼美式足球，但總之這麼一來，話題將無法開始。話題、事物、物語都無法開始。

好，回應她這個眼神吧。

反正原本就算視而不見也沒關係。

「命日子，發生了什麼事嗎？想商量事情的話我隨時奉陪。因為我就是這種男人。」

「就是說啊～～小曆就是這種男人喔～～真可靠耶～～」

玩笑話被她泰然接受，害我不知道該怎麼收拾。彼此的步調對不上。被她認為我自認是這種男人也不太對。說起來，一直以來就是這種打包票的態度把高中時代的我逼入困境，我在大學生活卻還不改掉這個毛病，真是一個不見棺材不掉淚的傢伙。若說我是這種人，那我還真的就是這種人。

輕易承諾會自取滅亡。

輕易承諾是自掘墳墓。

就像是在墓穴的底部挖洞。

「與其說發生事情，應該說是發生被害～～以我的心情來說，感覺就像是巧遇還是撞見幽靈或妖怪之類的～～」

「被害……」

因為幽靈？因為妖怪？

都市傳說。街談巷說。道聽途說。

她這段話有一半——聽起來總覺得有點懷念。

但我可不能一直懷念下去。

「……具體來說呢？」

「具體來說～～或者說肉體來說～～我啊，總覺得～～」

命日子做出懷念的轉筆動作，回答我的問題……雖說是轉筆，她轉的卻是觸控筆，算是近代女大學生的風格，不過從她口中說出的話語，很像是未來密碼學大師會使用的字詞，非常古老，非常香豔，非常不堪入耳。

「在我不知道的時候啊～～我好像被人夜襲了～～」

004

「如果做錯事，就要說對不起。」

這是理所當然的教育對吧？我從小也不是沒受過這種薰陶。像是級任導師，或是父母、祖父母還有陌生大叔，都確實教會我這個道理。

不過，他們也同時教我一個道理。

如果道歉就能了事，就不需要警察了。

……當然，身為警察世家長子的你，對於這個主張肯定頗有微詞吧。

因為如果道歉就能了事，你家飯碗可能就會不保了。只不過，認為警察只要負責取締壞人的這種想法，也是很嚴重的偏見。

在警匪劇裡，偶爾會看見上司威脅說要把下屬下放到駕照考場……即使是我也不免覺得劇組應該為此謝罪。

這不是非常重要的工作嗎？

全國共一千萬人的警察，都只需要處理駕照發放的業務，這種社會難道不是非常和平的烏托邦嗎……嗯？

日本的警察不到一千萬人？

笑我居然以為十人就有一人是警察，把這裡當成摩納哥公國？

這不是很好嗎？摩納哥。比日本和平喔。

只不過，治安良好到這麼美妙的程度，主要好像是多虧了國內各處設置的防盜攝影機。

防盜——防範盜匪的犯罪於未然，這也是警察的工作吧。話題不小心變得國際化了，不過如果這種做法成立，那麼也不必謝罪了。

再也不需要說對不起。

頒發特赦令——看在面子上就原諒，就像是發放通行證那樣吧。

只不過，終究只是心目中的烏托邦，這種論點果然不切實際吧。實際上，要是有人說『如果道歉就能了事，就不需要警察了』，難免會豁出去覺得既然這樣乾脆不道歉了。

明明原本就不想道歉，如今變得更不想道歉。

因為道歉不能了事吧？既然這樣，道歉不就沒意義了……不，這算是相當通俗的話題。

道歉不只是不能了事，道歉導致事情更加惡化的案例甚至也不在少數。你經歷過這種案例吧？

不算是個案的案例。

究竟是覺得自己不對而道歉？還是為了獲得原諒而道歉？實際上這兩者大概各占一半吧。

因為覺得自己不對，所以道歉想獲得原諒。因為道歉不能了事，所以表現誠意求饒。

不過，如果這種交易不成立，道歉妥協就沒有任何好處。這種想法很像是人類會有的本性吧？

又是好處又是交易，如果這種盤算和謝罪的行為不搭，那麼在走廊撞到別人肩膀，或是在車站踩到別人的時候反射性說出的『啊，抱歉』，就是最有誠意的謝罪了。

話是這麼說，不過這在某方面來說也是真理。

隨口道的歉比較容易隨口原諒。因為正式的謝罪大多需要正式的原諒。

即使想要輕描淡寫也不被原諒。

原諒別人以及向他人道歉，這兩者的難度差不多吧？

我不道歉。

我不原諒。」

005

我拿的不是觸控筆，是愛用的原子筆（我只愛原子筆）。順帶一提，手拙的我不會轉筆，所以是正常拿在手上，但是我的筆不小心脫手而出。

夜襲？她說的夜襲是那個夜襲嗎？

「是喔～～這是古典文學常用的詞吧～～」

「不，妳在這裡扯到古典文學，想減少這個詞造成的震撼，這份努力令我大為讚賞，可是……」

咦？這難道不是天大的事件嗎？

在學校餐廳唸書準備期末考的時候，聽到她笑嘻嘻脫口這麼說，我差點被氣氛影響而覺得這種事意外地算不了什麼，但這實際上可不是都市傳說那種等級，是自古以來的風俗習慣。基於和現代不符的概念來看，這種行為不輸給初夜權。

選擇使用這個詞，可說很像她這個數學系頂尖文組人的作風，應該說是文學修辭的極致表現……在娛樂世界確實有一段時期覺得這個詞很有趣，不過在八〇年代就算了，在最近的任何一部熱門漫畫都完全找不到這個驚人的詞，可說是禁忌的用語。

「這……這已經不應該找我，而是要找司法機構求助的案件吧……？如果要我陪同，當然沒問題……我說過我的父母是警察嗎？」

「我第一次聽到～～」

糟了。不小心脫口而出了。

因為在各方面會很麻煩，所以我幾乎不透露父母的職業……不過算了，反正命日子將來想進入警視廳，我遲早會告訴她這件事，而且也沒有現在不能說的理由。

甚至就是應該在這時候說出來。

手機舊了想要換新，但是可能馬上就會有新機上市……我原本以為她要找我談這種程度的煩惱，如今卻恐怕即將踏入她的私人領域，但我不能在這時候露出不敢領教的模樣。

應該抱抱她嗎？不，成為夜襲被害者的女生被我這個男生擁抱，感覺稱不上什麼激勵。

話說，這次居然是夜襲。

上次是虐待嬰兒，上上次是誘拐女童，進入大學生篇之後，我從這個傾向隱約感覺到，自從動畫結束之後，這部作品終於回歸初期風格了嗎？

竟敢厚臉皮做出這種事。

「命日子，記得妳有男友吧？已經和輕音社那邊談過了嗎？」

「輕音社那個早就分手了～～現在的男友是社團研究社～～」

「社團研究社？」

「嗯～～我想你應該認識，他超帥的～～大我一屆的二年級，我為了和他交往，就和輕音社的分手了～～」

「…………」

不關我的事。

這個社團給我的印象是完全沒進行任何研究的酒肉社團，命日子也照例每次交往都只有三分鐘熱度，總之這不重要。無論如何，在這種時候，如果有人成為內心的支柱肯定很可靠，不過命日子笑嘻嘻的表情隨著「只是啊～～」這句話蒙上些許陰影。

「只是啊～～我沒找他談這件事喔～～」

「唔……總之，我知道妳難以啟齒，所以才會找我這個可靠的朋友談吧。」

「你可能認為我無論如何都已經和男友談過，但是沒有喔～～就算想找他談也沒辦法～～因為這個男友啊～～就是夜襲的犯人喔～～」

「男友夜襲？」

社團研究社的男友？

換句話說，就像是情侶家暴之類的犯罪行為嗎？如果在以前，在稱不上古代的古早時期，警方應該不會介入這種民事案件，就像是把虐待兒童視為管教，這種事件只會當成情侶吵架結案……但是不用多說，這在現代無疑是犯罪行為。

無論是男友、戀人還是配偶，都不可以夜襲。

交往這個詞的意思會因而改變。

依照辭典的解釋，夜襲或許沒有構成犯罪的要素，但如果社團研究社的男友認為自己是男友所以能被允許這麼做，就必須視為問題聚焦處理。「壁咚」這種行為終究只能在漫畫或是電影裡被允許，不能誤以為能套用在現實世界。

「壁咚～～？」

對於語言專家來說，這個詞大概已經過氣了吧，命日子稍微歪過腦袋。

「啊～～這部分很複雜耶～～加害與被害的不對稱性就在這裡喔～～」

她維持蒙上陰影的表情說。

「蒙上陰影的應該是你的眼睛吧～～」

「可靠的朋友居然把我說成這樣……」

別說蒙上陰影，甚至像是蒙上烏雲要下雨了。

面對語言專家，比喻失當被挑語病算是我的疏失，總之命日子繼續說。

「之所以這麼說，也是因為我允許夜襲喔～～」

「……嗯？」

「『允許夜襲』這種說法有語病嗎～～？你覺得呢～～？這樣聽起來像是變態嗎～～？」

命日子說完吐舌，不過以我曾經和變態學妹打交道的經驗來說，這部分難以解析。不，我並不是變態的專家……如果命日子評定我是這種專家才找我談這件事，那麼蒙上陰影的果然是她才對。是她的眼睛。

但她就這麼維持毫無陰影的表情，

「說起來，我原本沒有被夜襲的心理準備喔～～」

她這麼說。

「被夜襲的心理準備」是什麼意思？

「那天晚上，明明純粹只是在相親相愛才對～～」

「那個……」

我的雙眼看向周圍。蒙上陰影的雙眼。

游移不定的雙眼。

也可以說是故意移開視線。就像是全家和樂看著電視時，突然出現香豔場景的那種狀況。

現在不是中午時段，所以沒什麼人……何況我們就是基於這個原因才選擇這裡唸書準備期末考，但也不到空無一人的程度。

比起就某方面來說過於古老，意義不明難以理解的「夜襲」這個詞，「只是在相親相愛」這種形容方式，對於正經的大學生來說或許更加刺激，所以我忍不住觀察周圍的反應。幸好命日子拉長語尾的說話聲，在開闊的空間似乎不會傳得太遠，所以沒人賞我們白眼。

依照接下來可能出現的專業用語，總之先換個地方應該比較好。如此心想的我將視線移回命日子，將臉湊過去，以悄悄話的音量繼續對話。

「這麼說來，妳剛才說是在『不知道的時候』對吧……所以不是『睡覺的時候』這個意思嗎？」

「沒錯～～並不是被睡姦喔～～」

「好，今日子同學，我們換個地方吧。」

「啊啊，抱歉～～對於純真的小曆來說，這算是踩到紅線了吧～～」

我撇過頭準備起身的時候，命日子抓住我的外套袖子挽留。這種挽留方式真可愛。立場對等的朋友認為我很純真，我對此感到意外，但我剛才或許是把『醉漢』誤認為是同音的『睡姦』，如此判斷的我重新坐好。給她第二次的機會吧。不過如果是被醉漢夜襲，這個問題就真的嚴重到在深處生根了……

「我只是擔心這篇故事將來收錄在青鳥文庫（註3）的時候該怎麼辦。」

在青鳥文庫，即使再怎麼偽裝成普通文學，「夜襲」這個詞應該還是NG。我這麼解釋之後重新提問。

「換句話說，這是怎麼回事？整理一下妳剛才的說法，你們原本是在雙方同意之下……在某天晚上『相親相愛』，事後對方卻堅稱這是『夜襲』？」

「沒錯～～我明明不想當被害者，帥男友他卻想當加害者喔～～」

是用「帥男友」來稱呼啊……

我不想知道這種事。

註3　主要讀者群為中小學生的日本文庫品牌。

如果只擷取這段話，別說是情侶吵架，聽起來簡直是她在晒恩愛……不過原來如此，加害與被害的不一致是吧。

呼呼，我終於看出端倪了。

表與裏。

即使這麼做的人忘了，被這麼做的人也不會忘。即使沒有這個意思，毫無惡意自認這樣比較好而這麼做，只要被害者認為自己被害，這個行為依然是加害行為……這個道理在某種程度上，應該說在相當的程度上可以成立，我也曾經屢次經歷類似的困境。

兩邊的立場都經歷過。

不過，這次的事件明顯是相反的類型。

被害者不認為也不覺得自己被害。在這種狀況，加害者的加害真的成立嗎？

即使存在著惡意。

即使自認這樣不太好而這麼做。

如果被害者不是當成被害，而是當成恩惠來接受，那麼這種事是壞事嗎？

沒錯的加害者與沒被害的被害者？

對方沒生氣的時候是否要道歉，是一種測量人性的方法……但是相較於至今的地獄與惡夢，這完全是我未曾經歷的異說……不，或許並非如此。

說不定，這是……

「異說」的「說」就是——道聽途說。

「從刑法來說……案件分成告訴乃論以及非告訴乃論……這方面的性犯罪，在不久之前已經改成非告訴乃論了吧？」

「沒錯～～法律啊，我在課堂學過喔～～不知道有沒有列入期末考範圍。只要沒有抵抗，即使是強制也會視為雙方同意～～雖然法律是這麼解釋的，不過這種不公正的判決方式，今後不曉得會怎麼演變耶～～」

或許可說是稍微修正軌道，命日子暫時變回協助我準備期末考的家庭教師。

「無論如何～～要是視為性犯罪就太敏感了～～不過稍微換個方向解釋得溫和一點，把這種行為當成婚姻詐騙的話，這又如何呢～～？」

「就算妳問這又如何……」

忘了拉長尾音了。就算妳問這又如何～～……

對我來說，詐騙也是要小心處理的敏感犯罪……我不禁緊張起來。不過，我只是不知道該怎麼反應，還是能理解她想說的意思。換句話說就是「大功告成的婚姻詐騙，真的算是詐騙嗎？」這個問題吧。

說到底，騙到底的謊言，將會成真嗎？

即使謊稱父母生病或是事業陷入瓶頸，騙走財產，將私生活啃食殆盡，不過如果成功欺騙到最後的最後……如果目標對象沒察覺這些卑鄙的欺瞞行徑，那麼被害者算是被害者嗎？

聽說婚姻詐騙的歹徒落網之後，願意出面幫忙說情的受害者不在少數……如果只以斯德哥爾摩症候群來解釋，應該有點膚淺吧。

戀愛這檔事複雜又奇怪。

更勝於妖怪。

「就是說啊～～雖然男女立場對調，不過交尾之後會被雌螳螂吃掉的雄螳螂到底可不可憐，這部分大概會眾說紛紜吧～～」

「說起來，也有學者認為螳螂沒特殊原因就會同類相食……」

「或許對於雌雄來說～～對於男女來說也一樣喔～～」

她這種論點正是「說得好像很深奧，其實就只是無意義的深奧」的代表性例子。不過，她一如往常的這種調調，這種流利的口才，使我一個不小心就會提出「既然妳自己不在意，扔著別管不就好了？」這種敷衍又隨便的建議，但是這樣真的很缺乏深思熟慮。

我已經不是高中生了。

必須擁有主見。

畢竟如果真的不在意，命日子也不會找我談這件事，如同把嚴重的煩惱刻意說得像是「朋友的朋友」發生的事，我無法否定她像這樣隱藏真心話在求救的可能性。比方說，嘴裡說是相親相愛，其實是順勢發生這種關係……雖然不是醉漢酒後亂性，卻是在氣氛之下情不自禁之類的。不過啊……

以前，兒時玩伴老倉育曾經把我塑造成虐待兒童的專家（搞不懂她對我有什麼仇），不過說到戀愛經驗，我在這方面的知識薄如蠟紙，大學生之間的這種關係，我實在不知道該如何涉入。

說來遺憾，像這樣看就可以稍微理解警察堅持不介入民事案件的理由。要是不小心把事情弄得更複雜，原本的一番好心可能會被當成惡意……不過，我的父母是身為警察卻大剌剌介入別人家庭，有時候還會將受虐兒童藏匿在自己家的那種人。

你們兩人要不要好好談一談？

只有這種不負責任的建議，我就算撕破嘴也不會說。

「知道了，我來勸說吧。要和妳一起去也行，要我自己去也行。之後就交給我處理吧。『無論如何，命日子還是愛你的，你不必對此感到愧疚。』我就像這樣好好勸誡這個帥男友吧。」

「用到『愛』這種字眼太沉重了啦～～小曆的友情也好沉重耶～～是重量級耶～～」

命日子像是為難般苦笑。

她應該真的在為難吧。

「我找你談這件事，並沒有要你幫這麼多喔～～變得愈來愈複雜了啦～～而且啊，演變到這個地步，我已經滿腦子想要分手了～～」

「是嗎？」

你們不是很恩愛嗎？

只是表面上相親相愛，其實不親不愛嗎？

「嗯～～不要試著讓舊情復燃啦～～反倒說，不要火上加油啦～～老實說，現在正是時候喔～～因為我剛好覺得一個同學很不錯，他在袋棍球社～～」

真的是見一個愛一個。又是輕音社，又是社團研究社，又是袋棍球社……這麼一來，感覺她是在尋找符合自己喜好的男學生，才會加入二十五個社團。

「交往」這個詞的意思要改變了。

她想要更新辭典嗎？

「與其說是更新，應該說只是正常約會吧～～因為我是一看到喜歡的男生，都會羞答答想要交往看看的類型喔～～」

「……那麼，究竟是哪方面的哪件事，讓妳為了被害與加害的不一致而煩惱啊？」

因為和交往中的帥男友見解相左而鬧僵……現在不是在談這件事嗎？

不管怎麼說都是自己的錯，自己總是造成別人的困擾，自己周圍老是發生不幸的事，認定自己是瘟神的這種罪惡妄想，說穿了是全能心態的另一面。極端來說，和自稱「我是雨男（雨女）對吧～～」沒什麼兩樣。

另一面。

裏側。

說來丟臉，我自己以前並不是沒有這種傾向，但是與其這麼說，還不如乾脆樂觀放話說「我是晴男（晴女）對吧！」，為周圍帶來陽光比較好。

所以，如果命日子對於在相親相愛這種行為畏畏縮縮垂頭喪氣的男生感到心灰意冷，我應該要尊重她的判斷。

這真的是兩人之間的問題，是兩人之間的關係。

不過她這個判斷，對於「現在的我」來說並不能置身事外……嗯？不，等一下……可是，是我多心嗎？只是常見的偶然嗎？當然是偶然，我可不是雨男。

只是剛好一致。

如同在當年的那個春假遭遇奄奄一息的吸血鬼，這種偶然肯定是這種程度的巧合才對。

「唔～～如果真的垂頭喪氣，那麼還算是可愛吧～～應該說至少不會造成實際的危害喔～～」

「什麼嘛，我嗅到可疑的味道了。」

「勾人的是我的身體～～嗅到的味道是費洛蒙～～」

命日子說得像是要轉移焦點，這一點可說是將她「情史從不中斷」的青春發揮得淋漓盡致吧（世間也有這種青春）。那麼，這個帥男友，難道將「夜襲命日子」當成豐功偉業到處吹噓？如果是這樣，阿良良木曆站在朋友的立場，就不得不著手進行殺人計畫了……

不，雖然我沒這麼想過，不過這個帥男友，難道將「夜襲命日子」當成豐功偉業到處吹噓？如果是這樣，阿良良木曆站在朋友的立場，就不得不著手進行殺人計畫了……

「不要著手殺人啦～～不要勃然大怒啦～～」

「要看事情後續怎麼進展。右手為生，左手為死。」

「殺手的臺詞嗎～～？嗯～～？如果是當成豐功偉業吹噓，我還可以說自己交往到的是笨男生然後一笑置之～～即使完全笑不出來，也還是可以採取法律處置吧～～？不過啊，事實剛好相反喔～～不是相反，應該也算是『裏』吧～～」

「裏」包含了「表」。

「他道歉了～～」

命日子說。這時候的她一副不耐煩的樣子。

我沒看過她這種表情。

「首先他向我跪下磕頭道歉～～對於我的朋友～～我認識以及我不認識的社團朋友～～也像是舉行道歉記者會～～朝著四面八方拚命道歉～～強調自己是多麼罪大惡極闖出滔天大禍的傢伙～～不斷到處向大家懺悔喔～～」

「懺悔……」

道歉記者會。

這種光景在這個國家已經司空見慣，無論在電視還是網路世界，幾乎每天都有人向別人道歉。即使如此，依然幾乎每天都有人對某人生氣，艱苦的現實環境就像這樣完全具備「表裏」兩面。不過，即使在這種光景化為日常的現代社會，我剛才所聽到帥男友的謝罪巡禮也著實大放異彩。

如果是豐功偉業就算了，一般來說，這種罪惡妄想，人們不會見人就大肆吹噓。對於道歉記者會，世間會大肆批評說「看不出來是向誰道歉，要道歉的話去向被害者道歉」，這同樣也是熟悉的光景，卻應該沒達到帥男友的這種規模。

道歉的對象不是別人，是所有人以及他自己。

何況在這種場合，被害者沒把這個被害視為被害。雖然接下來的用語和原意完全不同，但這說穿了就是「無被害者犯罪（victimless crime）」。

無視於被害者的意願就公然發言道歉，該怎麼說……從某些角度來看是基於崇高又尊貴的道德觀念親手制裁自己，不過……是的，不過對於當事人來說……

「對於當事人來說……會遭受實際的損害吧。」

被害。

「沒錯～～我啊，再也不敢去那個社團研究社露臉了～～身為慘遭可惡夜襲的『被害者』～～集同情的視線與安慰的話語於一身～～真的很難待在那裡～～要逐一否定也像是在辯解有夠麻煩～～」

這和莽漢吹噓豐功偉業造成的實際損害幾乎沒有兩樣，不過帥男友是藉由謝罪巡禮在吹噓，所以更為惡質。即使是事實也算是毀損名譽，何況這次的被害是冤罪——不是冤罪，應該說冤害。

明明沒做卻被當成做過而責罵，這種事令人不太好受，明明沒被害卻被當成被害者而安慰，這也同樣令人不自在。

我無言以對。

對於這個想法本身，我無言以對。

「我是這種個性～～所以誹謗中傷這種行為，就某方面來說已經習慣了～～不過這種的就很難受了。如果對方是要攻擊我，我還可以反擊，應該說至少可以生個氣～～不過面對道歉的傢伙，我到底該怎麼做？這算是名為『道歉』的暴力對吧～～」

命日子說。

「雖然這不是在冤罪案件做偽證，但畢竟大家都率直認為，不可能有人為了認罪而說謊～～老實說，帥男友他啊，就算有人阻止也完全不聽勸～～不管我怎麼說，他反倒覺得必須更加道歉的樣子～～道歉道歉再道歉～～聽說還主動找警察自首～～雖然好像終究吃了閉門羹，不過照這樣下去，他親筆寫道歉信上傳到網路也只是時間問題吧～～」

「…………」

到了這種程度，我甚至覺得這是名為道歉的惡整，也就是道歉霸凌……不，非但惡質，也是一種單純的恐怖。

摸不透帥男友的真正用意，這一點尤其恐怖……若說這是作偽證，那麼帥男友甚至不是被逼的，而是主動背黑鍋到處道歉，他自己的人生也受到實際損害。這是把伴侶也捲進來的不明自殘行為。

自首承認自己沒犯下的罪，這種人聽說意外地多……但我第一次聽到實際的案例。

「對不起～～我說要找你談事情卻只是在發牢騷～～其實啊，我並不是希望你想辦法幫忙處理～～只不過，想到帥男友他也可能跑來向你道歉，我就覺得像這樣先來通知你一聲比較好～～這是我剛才忽然間想到的～～」

聽完她說明的奇妙內容，我實在不敢說這是她多慮白操心……也不敢附和她是忽然間想到才來找我。而且如果沒先聽她說明，在不認識的學長為了夜襲命日子而跑來向我道歉之後，我也不知道自己究竟會如何應對。

我本來就沒有意願和朋友的男友見面，不過事到如今，這個帥男友是我實在不想接近的極度危險人物。居然把毫無頭緒的女友捏造為被害者……

就像是有人來為以前的霸凌道歉，當事人卻不記得曾經被霸凌嗎？如果是這樣的話……我會理解。

我可以理解。因為……

「總之～～部分原因也在於我想到一個機智謎題，才會不小心說漏嘴～～」

她說得煞有其事，但是如果她原本不希望從我這裡得到不必要的同情，那我別說陪她談心事，甚至還讓她說出這種無意義的理由，我對此深感歉意。

歉意……或者說這份愧疚的感覺，也是不切實際的罪惡妄想嗎？是扭曲的全能心態翻轉過來的裏側嗎？

「我原本很猶豫就是了～～和高中時代的女友一直專情交往到現在的純真小曆～～如果接觸到這種像是肥皂劇一樣糾纏不清的男女關係～～我擔心可能會太刺激了～～」

「確實，與其說是青鳥文庫，這比較像是講談社 NOVELS 的感覺……」

是新一代正統推理之前的情色血腥傳奇時代。

雙排字的版面也終於成為風中殘燭了。

「不過，命日子，妳把我當成不懂男女奧妙的三歲兒童，我深感遺憾。所以即使不會感到同情，但妳現在說的這些話……現在說的這個物語，我在某些部分感到強烈的共鳴。」

「共鳴～～？」

「不到心電感應，是同理心的程度。換句話說就是不能置身事外。」

我起碼努力裝模作樣一下，簡單來說就是在逞強。

「話說回來，我從高中時代一直專情交往到現在的女友，前幾天才剛和我談分手。」

我這麼說。

006

「某些人把吸血鬼稱為『Night Walker』，如果翻譯得瀟灑一點，不曉得會不會翻成『夜襲者』……沒事，只是閒聊。

完全沒有別的意思。

只不過，像是嗜食處女鮮血，或是藉由吸血增加——繁殖眷屬，難以否認吸血鬼這種妖怪本身就有某些暗喻對吧？

夜襲。

我應該會說『交換誓約』。

這也是一種暗喻吧。

用不著說明細節也知道，這也是一種約定，必須雙方同意才成立。至少以法律來說這樣才合法。

合法——合意。

『做錯事要說對不起』這句話的重點就在這裡。我剛才說警察的工作不只是取締犯人，不過嚴格來說，並不是針對壞人。

取締的是違反者。

做壞事不等於犯罪。

再怎麼罪大惡極的壞人，只要行為沒牴觸法律，就不會被取締。肯定甚至可以成為大企業的董事吧。

所以，『做錯事要說對不起』這句話，如果以紅筆修改就會成為『違反法律要說對不起』才對。這句標語教給小朋友的時候會有點複雜吧。

適合高年級的小朋友。

到時候必須解釋什麼是法律。

或許不是解說，是辯解。

感覺像是我們這邊在做壞事對吧？因為必須將沒人清楚理解，從很久以前就定案而且恣意運用至今的模糊字句，當成一種絕對性的概念來說明，這就是法治國家。

看在不同人的眼裡會做出各種不同的解釋，從這一點來說，算是值得讀者挑戰的文章，卻也用不著大肆吹捧對吧？稱不上是可讀性很高的一本書。

換言之，對於沒有解答的法律來說，需要的不是解說或解釋，是解讀。

不過，也有人覺得這種事很麻煩，而且這種人在世間比較多。比較多，比較強，而且比較正確。

所以大家輕易就會道歉。

像是踩到腳會隨口道歉那樣不以為意。

好的好的，這種時候只要道歉就行吧？人們反覆依循這種教戰守則進行例行性的道歉。我不會順從這種隨便的心態。不會隨波逐流。

我會查證。像是檢察官那樣。

我會辯護。像是辯護律師那樣。

我會解釋。像是法官那樣。

無論如何都不會順應情勢道歉，即使真的做錯事也不道歉。

就算坐立不安也不道歉。」

007

命日子對我懷抱著非常純真的印象，我當然不想破壞到不必要的程度，所以明明在準備期末考卻離題的這段「閒聊」就此告一段落，不過實際上，我從高中時代一直專情交往到現在的女友戰場原黑儀，這次是第二次和我談分手。

為了當成參考用的註釋，這裡也稍微說明第一次的原委吧，這只能說是我的血統造的業，我的兒時玩伴背負著名為獎學金的債務流落街頭時，我效法當年的父母將她藏在自己家，惹得黑儀火冒三丈到嚇死人的程度。

或許算是和那個帥男友相反，老實說，我現在還是不知道這麼做哪裡錯了，不過這個事件到最後，是我父親拜託認識的房仲介紹免禮金免押金，幾乎是住進去就有錢拿的超廉價詭異房子給老倉，才勉強平息風波……大概是終究覺得自己也有責任，基本上不會做出利他行為的老倉，後來拚命協助填補我和黑儀之間的裂痕，這一點姑且在此補充說明。那真的是非常稀奇的事。八成沒有第二次。

下輩子都不會有。

那次我與黑儀就這樣言歸於好，不過話說回來，這次是什麼時候的事……對了，是寒假即將結束，剛過年那時候的事。我們兩人原本預定一起去進行新年參拜。

這算是今年的第一次約會，畢竟在去年年初那時候，我們身處於不該奢望能去參拜的狀況。不只因為是考生，更處於高中畢業之後就會被蛇神咒殺的緊急狀況，應該說是戰爭時期（考場如戰場這句話說得真好），所以這次兩人一起進行新年參拜，不只是今年的第一次約會，更可以說是開始交往至今首度成行的一種紀念日，這次肯定會順利互祝新年快樂，迎接新春的到來才對。

即使是討厭紀念日的我，終究也會在過年的時候慶祝一下，對吧？

目的地當然是北白蛇神社。

昔日統治那座神社的是想咒殺我們的蛇神，現在卻是無害的小學五年級知心好友住在那裡，這一趟除了是新年參拜，同時也是要去向她拜年。

總之，在會合地點的時尚咖啡廳，黑儀穿著應該是租來的新年和服現身。

「阿良良木，我們分手吧。」

她開口的第一句話不是客氣的賀年話語，而是令我傷腦筋的休書。

不，可不能說什麼傷腦筋之類的。

說得有趣也沒用。

反倒是嚇死我也。

這是在開什麼玩笑？今天不是四月一日，是一月一日啊？我差點反射性地這麼吐槽（嚴格來說不是一月一日。那天我們全家一起慶祝元旦。我明明是大學生卻領了紅包），但是黑儀的表情很正經。與其說正經，應該說冷淡。

黑儀成為女大學生之後完全擺脫樸素氣息，染了頭髮，塗了指甲油，化妝也更加用心。不過她現在這張毫無起伏的表情，令我想起昔日深閨大小姐的時代。

說起來，「阿良良木」這個稱呼方式就令我懷念。高中即將畢業的時候，我們改成以名字稱呼彼此，現在這樣不就像是時光倒轉嗎？

到了這時候還上演穿越戲碼？不不不，不是這樣。

不是謊言，也不是玩笑話。

我知道她是認真提分手……畢竟是第二次。

只不過，基於這層意義，相較於家醜不可外揚，黑儀火冒三丈的第一次，這次她看起來明顯不同——截然不同。冷淡程度和平靜卻咄咄逼人的深閨大小姐時代並非完全一致，看起來也像是有點憔悴。即使是面臨生命危機的去年正月，黑儀都沒散發這麼強烈的急迫感。

這段分析當然只是在腦中某個角落進行的工作，新年剛開始就突然被要求分手的我，基本上完全驚慌失措。

「妳……妳說分手……為為……為什麼？」

我只能做出欠缺個性的這個反應。缺乏幽默感。不過，若問我心裡是否完全沒有底，其實未必。畢竟已經是第二次……說穿了，就是我犯下和第一次大同小異的過錯。大學生活經過半年多的時候，我也終究感受到騎腳踏車通學的極限，開始一個人在外面住。

夢想的獨居生活。

前面已經提過，我搬到老倉家隔壁。那棟詭異的公寓。

老實說，不只是因為騎腳踏車通學很累，我更擔心老倉開始獨居後的生活，所以找上父親有門路的那間房仲公司，想辦法搬到她家附近（不是靠近車站，而是超靠近她家），但我覺得這次搬家絕對會觸犯黑儀的逆鱗。老倉全身上下都是逆鱗，不過黑儀的逆鱗最近大多散布在這附近。

被發現了嗎？

雖然我不太懂個中邏輯，不過只要我擔心老倉，黑儀就會生氣。相對的，黑儀與老倉交情還算不錯，真是不可思議的關係……她們兩人好像經常一起出遊。

邀我一下好嗎？

在大學校內也是，明明不同學系，卻好像經常一起行動，從事各種活動，把我蒙在鼓裡……（這麼說來，高中一年級那時候，老倉好像和深閨大小姐走得很近）然而原因不是我想的那樣。

我猜錯了。

她說出這樣的話。

「原來我沒資格和阿良良木交往。我也太自以為是了。」

「…………？」

滿腦子認定會被責罵訓斥的我，對這段發言感到疑惑……資格？自以為是？完全聽不懂她在說什麼。

「明明沒資格，卻仗著阿良良木慈悲為懷趁虛而入，拖拖拉拉一直將這種不適當的關係維持到現在，我對此由衷感到歉意。對不起。」

「對……對不起？妳說出這種話？」

戰場原黑儀居然道歉？甚至連點頭致意都幾乎沒做過，感覺即使在新年參拜也只拍兩次手就了事的這個高傲女生，居然毫不結巴理所當然般脫口說出道歉的話語？

從常識來想，這是匪夷所思的事態。

這個世界現在究竟發生什麼事？在迎接新年的同時，我轉生到異世界了嗎？轉生到戰場原黑儀會道歉的驚奇世界？

好恐怖。

異世界也要有個限度吧？

看來，果然不是回復為深閨大小姐那麼簡單……並非往昔的個性重現。因為在任何不同世界的戰場原黑儀之中，深閨大小姐時代都是最不會向人道歉的孤傲時代。即使表情或語氣和當時一樣冷淡，實際上可說是完全相反。

完全相反——如同互為表裏。

「難道說，黑儀，發生了什麼事嗎？儘管說吧，我會陪妳好好談。因為我就是這種男人。」

自己想想，這時候的我也說得這麼不負責任，連我都厭惡自己的輕率態度，但是黑儀沒有回應這句不像樣的邀請，無力搖了搖頭。

「阿良良木，你人真好。我沒察覺這份溫柔，至今不知道獲得你多少疼愛。光是想像這一點，我就覺得罪孽深重到好想死。」

居然說好想死。

像是全身以自我肯定組成的這個女大學生，居然說出尋死的念頭，我對此難掩困惑。她應該不是在說謊或是開玩笑，不過老實說，我不覺得她理智正常。

我偷偷瞥向自己的影子。

因為我忍不住想起那個荒唐的傳說。任何人只要看見鐵血、熱血、冷血之吸血鬼姬絲秀忒·雅賽蘿拉莉昂·刃下心的前身「國色天香姬」，都會因為自己罪孽深重而想要自殺的傳說。

這也是我的親身經歷。

苦澀卻幸福的親身經歷。

不過，我以咖啡廳的間接照明映出的影子，當然不發一語毫無反應。

「我這種人，沒資格被阿良良木……不對，是沒資格被任何人溫柔對待。回想起來，在我察覺這件事之前，大家都是溫暖守護著我。這麼想就覺得我能做的只有反省。反省到再怎麼後悔、懊悔也無從悔改的程度。」

「首先說明原由吧。即使沒能悔改，也要重新說明清楚。如果是我做錯什麼事，我會好好道歉。如果是在說老倉的事，那個傢伙……」

難道是命日子的事？那傢伙最近改叫我「小曆」的這件事被發現了？

「就說了，阿良良木，要道歉的是我。如果害你這麼認為，我真的是很對不起你，無從立足。要說我深重的罪孽正逐漸被挖掘出來也不為過。」

不只無從立足，也無從著手。

我原本猜測她嘴上說這麼多，其實是對於我搬到老倉隔壁心懷不滿，拐彎抹角以這種變化球出招，然而看來這不是深入解讀，是錯誤解讀……何況這傢伙並不是以這種奇妙方式表現情感的人。

好壞兩方面都是直腸子個性。

即使升學還是改頭換面，這種個性基本上都不會改變。所以在這個狀況，要將她的話語解釋成字面上的意思才對。

黑儀是「真心」向我道歉。而且是「真心」要和我分手。

絕對不是在前來這裡的途中，在別間神社抽籤並遵照神諭行事。比方說抽到「戀愛——分手吧」之類的籤。

說不定抽到大吉。

實際上，第一次的時候也是，她提分手之後，沒有任何欺騙或試探，千真萬確成為和男友分手的女大學生，對於從高中時代就認識她的人們來說，只會覺得事到如今說什麼都沒用，深刻體驗到近似疲勞感或徒勞感的無力感（從國中時代就認識她的神原駿河應該也會同意這個說法），不過就算這麼說，被她提分手的我在這時候當然要堅持下去。

我讓跟蹤狂時代的神原依附在我身上，說著「暫時冷靜下來吧，黑儀」，從新年氣氛切換為正經模式。

「可以不必再叫我『黑儀』了。我配不上這個稱呼。像我這種人，你就和以前那樣直接叫我『戰場原』或是『母豬』就好。」

「我從來沒叫過妳『母豬』喔。」

把本名「黑儀」說成「配不上的稱呼」也不太對。

「那麼今後就叫我『伊比利豬』吧。」

「為什麼在這時候提到高級豬？」

既然以風趣的話語阻止我維持正經模式，看來黑儀……或者應該稱為戰場原的她也未必失去理智，但是我可不能因而被她岔開話題。

不然至今的感情將會逐漸自然消滅。

這應該是錯的。

「不，岔開話題的──好心岔開話題的是阿良良木你才對。像是擁抱我那樣好心岔開話題。真是難能可貴，超乎想像的人品。其實知曉一切卻像這樣裝傻。沒關係的，事到如今不必對我這麼好了。我的渺小人格在你小心翼翼培育之下，終於達到了這個境界。好不容易才勉強達到。」

「這樣啊……」

這樣啊。

她說我其實知曉一切，但我就只是由衷覺得極度莫名其妙……怎麼回事，如果模仿她的說法，那麼我終於連一丁點都沒能理解戰場原黑儀這個女孩，就這麼無計可施落得和她分手嗎？

我沒能理解的這個女孩，就這麼像是勸誡般，朝著沉默的我繼續說下去。

「不過，要是你繼續對我好，我會成為廢人。我不能就這麼一直當個被你寵愛的嬌嬌女。畢竟新的一年來臨了，我必須趁機做個了斷才行。必須讓你從我這不上不下的傢伙身旁展翅高飛。我好歹還能以這種方式報恩。」

「聽到妳這麼說，我甚至希望新的一年不要來臨比較好……一輩子都留在去年比較好。」

我好想穿越時光。

不過之前已經做過類似的事了。

「我要將你放生到老倉同學或是小翼身邊。」

「如果真的要這樣二選一，可以的話我想去小翼那裡……」

不過，現在完全不知道羽川翼正在世界的哪裡做什麼，想要把我放生到她身邊，實際上應該是不可能的事，所以這樣下去我將會回到老倉身邊。這將是那個春假無從相比的地獄。

比真正的地獄還要地獄。

「啊啊，回想起來，老倉同學與小翼也總是很照顧我……我也必須好好向她們兩位道歉才行。神原的話……哎，神原就免了。」

「為什麼神原就免了？」

依附在我身上的學妹可不會悶不吭聲喔。

「無論如何，阿良良木，你今後去幫助別的女生吧。因為我現在獨自一個人也沒問題了。完全沒問題。今後我會過著形單影隻的落魄人生。」

「說出這種話的傢伙，獨自一個人不可能沒問題吧？不准落魄。以妳這種狀況，我可沒辦法把妳放回這個世界。」

「呵呵。」

此時黑儀微笑了。

看來並不是對於被告知分手之後丟臉糾纏的男人失笑，是回憶起某些往事而笑。

「好懷念。那時候的你也是這樣，在我朝著孤獨離去的時候追了過來。」

「那時候……？哪時候？」

「你又在假裝不記得了。我當時是隨風而逝的亂世佳人。」

「妳的全名是戰場原思嘉嗎？」

「話說回來，這裡的『逝』是走掉還是死掉？」

「妳連這個都不知道，到底是怎麼獲得保送進入大學的？」

重新聽她這麼說，我也不敢斷言了……但我至少沒有黑儀隨風而逝的記憶。

啊啊，不過，沒錯。

如果是如同暴風雨般離去的記憶……就有吧？

「……難道，妳說的是最初一開始的那件事嗎？我接住從階梯摔下來的妳，因而得知妳祕密的那時候……」

若是這樣，那可不只是懷念這麼簡單，我想忘也不可能忘記。這簡直是阿良良木曆與戰場原黑儀的第一步……是起點。高中三年來，我從一年三班就一直和黑儀同班，但是我與她的物語，無疑是從那天的那時候開始。

初識。

基於這層意義，這天對我來說非常重要，無法忘懷，肯定是比元旦更重要的紀念日，但是現在……

「我討厭那一天。」

坐在我正對面的黑儀這麼說。

如同把紀念日當成忌日。

「要是沒有那天的事件，我明明就可以光明正大，毫不害臊地一直和你交往下去……我再怎麼懊悔懊悔懊悔懊悔懊悔懊悔懊悔又懊悔也懊悔不盡。」

再怎麼懊悔也不夠。

她像是再怎麼病也病不完般這麼說。

「不不不，為什麼要說這種話？如果沒有那一天……如果沒有五月八日那一天，我們現在就不會像這樣交往……」

雖說是「現在」，但她現在正要和我提分手……

「阿良良木，適可而止吧。你要像這樣繼續過度溺愛保護我多久？我已經不是孩子了。我已經不是女孩，不是少女，是成年女性了。」

黑儀像是終於不耐煩般這麼說。別說成年女性，她根本像是耍賴的孩子，不過面對和那天一樣死纏著不放的我，她不情不願地坦承了。

如同在懺悔自己的罪。

「即使只有一次，但是做出那種暴行，天理不容的這種女人，沒資格繼續當你的女友。雖然只是短暫的時光，不過光是這樣，我就應該慶幸自己做了一場好夢而感到幸福。我做了一個虛幻的美夢。」

「……嗯？咦，難道說……」

難道說，該不會，說不定，可能是？

「黑儀，如果是我誤會了，希望妳立刻回嘴糾正我的錯誤，但妳難道是……為了那天那時候用釘書機釘我臉頰內側的那件事道歉？」

「不然還有哪件事？」

果不其然，戰場原黑儀露出比起一年八個月前黃金週結束那時候還要冷淡又平靜的表情，點頭向我這麼說。

008

「不只是契約，男女關係也是雙方合意之後建立的吧……不對，認為並非如此的否定者不在少數，所以大家都很頭痛吧。

居然用了『者』。這個字戳到我笑點。

和『普羅大眾』一樣有趣。

被害者、加害者。

基層勞動者。

有一種強調的效果。

不過，男女關係不只是有趣或好玩這麼簡單吧。剛才說到雙方合意，但明明交往的時候需要合意，分手的時候卻只以其中一方的意見就成立，這一點也耐人尋味。

可以單方面毀約的現實。

這方面就是情侶關係與家族關係的差異吧。一旦不小心建立起婚姻關係，雖然我不小心用了『不小心』這種字眼，但是要離婚好像沒那麼簡單。

就算其中一方想離婚，要是另一方拒絕，就會出現不少爭議。包括財產分配或是撫養權之類的，只要發生糾紛，最後就得交由司法來判斷。

依照法律進行裁決。

明明沒犯罪，明明不是壞人，卻被拖到法律面前審判。居然要請出第三方人士出面調停，只是情侶的話鮮少發生這種事吧。

說什麼協議離婚，根本是糾紛離婚。

像是將棋那樣，其中一方會棄子投降。

結束這一局。

『和你共度的未來不存在』這樣嗎？

沒有裁判。或許有時間限制？

身為『過來人』的我，對於婚姻關係的破綻還有很多想說的，不過就等今後有機會吧。即使如此，夫妻的情誼還是可以斬斷，但如果是縱軸的親子關係，就真的是難解的題目了，可以的話我很想深入研究。

警察世家的阿良良木家也是這樣吧？

以前的阿良良木曆，再怎麼揚言自己沒有父母也不是孩子，依然無法改變自己有父母又是孩子的事實。

不被允許把母親節當成平日。

如同和那對火炎姊妹永遠是兄妹關係。

這部分不需要合意。

和當事人的意願無關。

反對不了也拒絕不了。

無法抵抗。

即使能選擇結婚對象，也無法選擇兄弟姊妹。

該怎麼說，或許到最後會拿出『又沒拜託你們生下我』這種幼稚話語吵架。不過，我說過這句話對吧？

嗯。

就算這樣，我也不會道歉就是了。

或許是對於自己不道歉感到愧疚吧。事到如今，我可以為了自己再也無法謝罪的這件事道歉。」

009

「啊啊，我剛才說到『不然還有哪件事』，不過還有別的事喔，有很多。無數，無量大數。都是我的罪。不對，是大罪。在拿釘書機釘你的臉頰之前，我居然就把美工刀塞進你的口腔，不只如此，還動用語言上的暴力。當時你那麼擔心我，我卻說你是人渣，是垃圾，是丟人現眼的行屍走肉，愈說愈生氣。」

「我現在才第一次聽妳說我是丟人現眼的行屍走肉……」

「看吧，我罪孽深重。不可原諒。」

面對我無力的吐槽，戰場原黑儀毫不畏縮。像是決堤般繼續暴露自己犯下的「罪」。

「對了對了，我也曾經綁架監禁你。這種事即使你願意原諒，我也不原諒我自己。神原之所以成為你的跟蹤狂，追根究柢也是我害的。你差點被千石殺害也是我害的。如果沒有和我交往，現在的你肯定和那個只有可愛可言的女國中生相處得很好。」

相處得很好的這種未來，如今對於任何人來說應該都是不好的未來，而且先不提釘書機、美工刀、謾罵以及綁架監禁，黑儀連千石的事都攬在自己身上，這明顯是錯的。

這叫做「事實認定錯誤」。

當時她那麼做，反倒是為了保護我……

「高中時代瞞著你考到駕照的這件事，也害你成為事後共犯……」

「咦？這也算？」

那不就什麼都算了？

「因為，那時候的你不是很生氣嗎？我卻無視於你無私的忠告不肯聽勸，帶你去了各種地方……廣義來說，那也是綁架監禁，是再犯吧？我把你關在車上，用安全帶拘束之後載著到處跑。」

「……………」

這傢伙果然在胡鬧吧？這個疑問再度掠過我的腦海，但我這個女友的表情很正經。不只正經，或許可以形容為嚴肅。

或許已經不是女友，而是前女友……慢著慢著，冷靜下來好好思考吧。好好動腦吧。

內心某處還殘留過年的心情，沒能好好面對現實……加上領到壓歲錢亢奮到不行，穿上新年和服的黑儀也令我神魂顛倒，所以思緒無法整合。

她說什麼？

事到如今，她為了這麼久之前的事情道歉？她剛才說這不是罪，是重罪，不過真要這麼說的話，這種事不只是往事，根本是塵封已久的記憶了。

「因為，這是十五年前的事啊？」

「十五年？是一年半吧？」

「啊啊……說得也是，是一年半。」

就說了，正確時間是一年八個月……無論如何，這種事早就過去了，是早就已經結束的物語，我只覺得事到如今根本不必重提。

「因為，解決重蟹事件之後，妳就已經好好道歉了……現在卻又拿這件事來說，這是哪門子的螃蟹卡農？」

「這不是道歉一次就能了事的問題。不，那種口頭上的謝罪甚至不算謝罪。那時候的你只是被氣氛影響才假裝原諒我。」

就算斷言我只是被氣氛影響……

她剛才說即使我原諒她，她也無法原諒她自己，然而這件事已經過了太久，早就無法成為「原諒不原諒」這種程度的話題了。

蟹肉燒賣嗎？

「何況妳用釘書機釘的那一下，以我的吸血鬼體質一下子就治癒了……」

「可是，內心的傷還沒痊癒吧？你每次拿釘書機裝訂紙張的時候，手都在發抖，你以為我沒看見嗎？」

這單純只是我的手不夠巧，所以慎重行事吧……

分析入微的這種道歉方式，令我莫名害怕起來了。甚至連以前像是連珠砲般謾罵的她，都比較能讓我內心平靜一些。

我找不到改善狀況的線索，不發一語。

「鉅細靡遺不斷傷害你到現在，我這種罪人沒資格獲得你的愛。阿良良木，更純真的女孩才配得上你。像是老倉同學或是小翼那樣。」

她這麼說。

「從這種觀點來看，我覺得她們兩個和妳也是半斤八兩……」

即使是WHITE羽川也稱不上純真。

至於老倉，她到現在依然會狠狠咬傷我。是真正的那種咬。

要看看她留下的齒痕嗎？

順帶一提，我的脖子還留著吸血鬼的咬痕。

那個迷路女孩也經常咬我……我真的老是被咬。

「那麼，請妳今後對這位老倉同學好一點。因為我已經沒問題了。我會傳電子郵件給老倉同學說明。」

「拜託不要好嗎？」

她現在說的和第一次分手那時候完全不一樣……我收留陷入困境的老倉住進我家時，她說過絕對不會原諒我，如今那些話語已經不知去向了。

這傢伙真的成長了嗎？成長為成年女性？

這就是所謂的長大成人嗎？

「新年參拜就和老倉同學一起去吧。」

「住在地獄一丁目的那個女人，不可能會依賴神明吧……」

其實我現在也住在一樣的地方，但是如今這件事進入不只是住在地獄那麼簡單的範疇……遷移的不是我，是她的心。

不過，她的變心是一種異常變化。

「因為我已經沒問題了。」

昔日被蟹螯夾住的少女戰場原黑儀，像是彙總也像是了結般這麼說。

「至今真的很對不起。戰場原黑儀由衷表示謝罪之意。請和其他女孩一起幸福度日吧。」

010

「藉由表明歉意來避免實際謝罪，這也是一種技巧。回想起來，人們可說是絞盡腦汁，想盡辦法在不道歉的狀況下完成實質上的謝罪。

佩服佩服。

人們一直在研究不屈服就能認輸的手段。如果傷害到某人，我會謝罪——利用這種敏感假設的這句話，就是代表性的例子。

居然用了『如果』。

這麼一來，『道歉不能了事，所以不道歉』這句話或許並非不成立……但是我那個『沒拜託妳生下我』的母親，不會運用這種拐彎抹角的語法。

是會直接道歉的人。

進一步來說，是會執拗道歉的人。

有夠難纏的。

就算我說原諒了，要她別再說了，要她別再道歉了，她還是覺得自己內心會過意不去，總是死纏著我一直道歉。當時體弱多病的我，從早到晚都一直聽母親這樣道歉。

『沒能把妳健康生下來，對不起』——年幼的我，每次聽到寸步不離細心看護照料我的母親這麼道歉，就覺得自己的不健康在身心刻下傷痕。

這些傷比疾病還要痛。

彷彿在說我是身體方面不健康，文化方面也不成熟的最底層人類。

所以某一天，再也忍不住的我這麼回應了。『不要這麼說』。『我沒拜託妳健康生下我』。

對，你說得沒錯，我沒說清楚對吧。而且我無法否認當時心情煩躁，所以語氣變得粗魯。或許母親沒聽到『健康』這兩個字。

她受到的打擊就是這麼嚴重。

我不是母親，不知道該怎麼說比較適當……但是如果以女兒的立場猜測她的心情，關於當時羅患的疾病，她願意向我道歉無數次，卻從來沒想到會被我像是責備般這麼說吧。

居然責備了道歉的人……當時她是這種心態嗎？

為了不想被責備才冒出自責的念頭，這種說法終究過於穿鑿附會……不過正因如此，我沒說清楚也沒說完整的話語才會被過度解讀。

可以說是被害妄想，也可以說是加害妄想。

算是一種『被加學』吧。

哎，當然，『如果』我的話語招致誤解，我會想要謝罪。

總歸來說，愈是如同先發制人般不斷道歉，我的反擊拳就出乎意料愈是有效吧。後來那個人就再也沒向我道歉了。

一知道可能會惹怒我，就不再道歉了。

雖然還是一樣勤快看護照料我，不過直到今天，她連一句道歉都沒說了。原來如此，既然會被責備就不道歉了，我的母親也有這種想法吧。

我會好好道歉，所以要保證不可以對我生氣——天底下居然有這種殘酷的約定。」

011

結果，在那之後我盡力安撫黑儀，強調這是之前說好的行程，所以一起前往北白蛇神社參拜，不過大概是察覺到我們之間的緊張氣氛，小學五年級的神明沒有開朗現身，迎接新年的第一次約會，交往至今的第一次新年參拜，就這麼潦草結束。就算潦草，但光是有結束就很好了。雖然至少成功延後了下結論的時間，不過既然沒有在當天收回那些話，實際上我們的分手就等於已經成立。

我的天啊。

為什麼變成這樣？

那天我狼狽不堪，沒能察覺女友（前女友）的意圖，但是追根究柢，不管再怎麼說，實際上她應該是對於整天擔心老倉的我感到心灰意冷吧。我後來做出這個暫定的結論。

話說好像也只有這個可能性了……

不是第一次那種憤怒分手，而是主動道歉想結束這段關係，恐怕不像是戰場原黑儀的本色，不過仔細想想，提分手的時候還要求維持本色也很過分。

強求本色。

對於任何人，我總是要求對方維持我自己認為的「本色」，這一點或許就是我的問題所在……相對的，如果昔日亂揮文具的少女，如今在分手的時候會顧慮到對方的感受，那麼這名少女確實不再是少女了吧。

成熟的舉止。

不過她的頑固依然像個孩子。

當然，無論再怎麼掩飾，我實際上還是希望繼續挽留，證明我的心態依然是個少年。總之既然爭取到冷卻時間，我決定收下這個戰果，暫時從戰線撤退。即使接下來等待我的是單純的消耗戰。

畢竟我覺得自己也需要冷靜……必須深思熟慮。不能把她重提的古老往事當真，必須反省該反省的問題，重新以鄭重態度面對……雖然我不認為自己有錯，卻也不能把黑儀說的自身過錯當真。無論如何，這種私事當然不能找老倉，甚至不能找妹妹們商量，這幾天我沒告訴任何人，就這麼獨自承擔。不過……

不過，大學過完年開課，我聽過命日子的經歷之後，我的私人戀愛問題就不再只是私人問題，不再是隱私程度偏低的私人問題，不是無法評論的個別時間。

附帶的不是獨特性，是普遍性。

可以站在普通人的立場評論。

原本以為是別具個性的獨創點子卻發現早有前例，我受到的就是類似這樣的打擊。當然，阿良良木曆的男女情感糾紛，和食飼命日子的男女情感糾紛不一樣……

像這樣在肥皂劇與低俗鬧劇的夾縫裡冒出革命情感，如果有人說這單純是雞尾酒會效應，那麼一點都沒錯。

或許只是抱著一絲期望，認為既然有前例就不會出問題。

憑什麼擅自覺得這是命中註定？類似這樣。

即使這邊抱持親近感，假設我一五一十對命日子說明，她或許會說「完全不是喔～～不要拿這種遜到不行的事情相提並論好嗎～～」這樣。

即使如此，我還是沒看漏其中的少數共通點。

這邊不認為是被害的事情，對方卻認定是加害，道歉到過剩的程度。甚至無視於這邊的意向，不惜毀掉現在的關係，也反覆進行過度的謝罪。毀滅性的謝罪不斷輪迴。

加害與被害——表與裏不平衡。

如同從前方看起來是三角形的物體，從後方看卻是一個大叉叉。嚴重到扭曲的不對稱性。

當然，曾經對我或是也對戰場原黑儀說過「看不慣你這副被害者的模樣」的夏威夷衫大叔，也曾經這麼說過——別把任何事情都推託給怪異。

正因如此，所以為了迴避自我辯護的責任，我必須分析再分析，以免陷入不必要的牽強附會……這真的是正常的事態嗎？

這種事在奔放的大學生身上很常見嗎？

依照某種說法，世界上每二十秒就有一對情侶分手，那麼我與命日子在同一時間遇到情感問題，或許不是值得聚焦討論的問題。不過，「每二十秒就有一對」這段話如果直接從字面來看，也可以解釋成至少在二十秒之內不會有兩對情侶同時分手，那麼從我與命日子同時出事的狀況來看，也感覺得到某種暗示性的含意。

應該不只是牽強附會。

雖然不知道命日子與帥男友的狀況，不過說到我與黑儀，彼此肯定都比高中時代更加擴展視野……尤其是黑儀，她住在國際化色彩豐富的女生宿舍，和同世代各種不同學生之間的交友關係也順利擴展，坦白說，完全沒必要一直被我這種只不過是高中湊巧同校的傢伙束縛。

若要這麼說，當時少女摔落階梯時接住她的人也未必非我莫屬，這種自卑感從「那一天」之後就總是如影隨形纏著我……所以，假設女友在某天對我心灰意冷，我隱約可以想像應該是這種理由……然而實際上發生的事情完全相反。

對於摔下階梯被我接住的那件往事，黑儀說得像是感到愧疚……「當時害你跟著遭殃真的很抱歉」這樣。

引發後續釘書機、謾罵或是綁架監禁事件的墜樓意外……不，要是這麼說的話一點都沒錯，而且客觀來看，那時候的戰場原黑儀言行明顯過度。甚至令我想要巧妙使用「過度」與「異常」創造一句冷笑話。

即使是自我防衛，也是過度的防衛。

那麼，她對於過度的防衛進行過度的謝罪，或許可說是理所當然……因為要是其他人遭遇相同的處境，即使對方道歉也大多不會原諒吧。臉頰被釘書機釘，願意原諒這種事的人比較稀奇。

不過，這始終是站在客觀的視角。

站在主觀的視角，也就是站在我個人的角度來說，這些風波完全是已經過去的往事，不瞞各位，甚至還逐漸成為美好的回憶。

因為那是我倆的初識。

要是把臉頰被釘書機釘的往事說成美好的回憶會很像是變態，所以我至今釘口不提……更正，閉口不提，要是她為此下跪磕頭道歉，我不知道該如何回應。

感覺像是凸顯出我的變態個性。

如果不怕誤解大膽形容，我會覺得這個難得的「美好回憶」如今被侮辱得不成原形。簡直等於對我說「當時不要相識比較好」。

說起來，我原本以為這方面的感覺是彼此的共識，所以看到她現在突然發動那麼激烈的謝罪攻勢，無論解釋成逃避現實還是逃避責任，我還是很難拭去內心的突兀感。

像是翻臉不認人的感覺。

我與命日子在這方面肯定是同病相憐……明明是雙方合意的「相親相愛」，帥男友卻單方面認定是「夜襲」，被莫名其妙的罪惡感甚至是悖德感支配……總之，考量到帥男友甚至決定對周圍進行謝罪巡禮的擾人程度，我必須公平判定命日子深陷的困境比我還要危險。

我還算好的。

幸好我即使成為大學生，也沒有任何朋友能讓人宣揚這種事。

……短暫離題一下，一般會認為大學環境比高中環境容易交到朋友，不過在這裡向各位報告，以我的狀況來說完全沒這回事。

該怎麼說，在高中時代，教室裡……應該說班上會從四面八方產生「快點交朋友吧」的壓力（就是經常說的「好，現在大家兩人一組～～」這樣），不過在大學裡，至少在我就讀的曲直瀨大學數學系裡沒有這種壓力。

氣壓和富士山差不多低。

也近似自由落體。

回想起來，正因為有壓力，「我不交朋友，因為會降低人類強度」這句反面論述才得以成立，一旦置身在即使沒有朋友也能順利經營學業與生活的狀況，我就不算是抵制社交的反對勢力，單純只是一個沒朋友的傢伙。

像是社團之類的，沒有意願就不會加入。

老倉也是這一邊的人。

要分類的話，黑儀與命日子可說是另一邊的人——換句話說，就是即使沒人說「好，現在大家兩人一組～～」也會自行湊對，甚至組成小團體的那種人。

這種人的極致形態應該是臥煙。沒錯，就是一支手機的通訊錄不夠儲存所有朋友的姓名，必須要帶五支手機的那個人。

並不是哪一邊比較好或是哪一邊比較優秀，這種分類應該沒有這樣的意思，不過像這樣揭發自己的本性之後，我也挺羨慕的。依照黑儀的說法，好像只不過是「重新經營起昔日謊稱生病而閒置的人際關係」，當事人自己的見解或許不盡相同，不過就我所見，即使是集社交能力於一身的神原，也自稱以前個性非常陰沉。

這方面真難理解。

話是這麼說，但是可不能因為沒朋友就放心。我即使沒有朋友也還有兒時玩伴（雖然現在是半絕交狀態），以黑儀現在那種狀況，說不定真的會寫信把我推薦給老倉。

希望她不要這麼做。

情節比起午間連續劇還要錯綜複雜的恐怖三角關係將會成立……說到我唯一的朋友命日子，她和黑儀肯定沒有交集，所以我應該可以保護……不過如同命日子搶在帥男友之前，先以商量的形式，或者說是猜謎的形式說明事情原由，我這邊依照狀況或許也應該先向命日子說明事情原由。前提是必須想到不錯的謎題。

只不過……

說實話，我原本就希望命日子盡量遠離戰場原黑儀，也盡量遠離基本上和怪異有關的現象……所以這件事目前不得不暫時保留。

放眼大學校外，最不妙的正是神原駿河吧。應該說，與其在談分手的時候向我道歉，在這之前應該先向神原道歉吧？當時我這句抱怨甚至差點脫口而出。為什麼神原就免了……然而不開玩笑，事情真的可能這麼進展。前提是我不單純只是被女友討厭。

意外幸運的是，黑儀說要放生我的時候，和老倉並列為候選人的羽川，現在也處於失聯狀態，不用擔心黑儀的奇妙謝罪會傳到「小翼」那裡。雖然恩人羽川在海外失聯的這個事態不能說是意外的幸運，不過這部分暫且這樣就好。

好安心的感覺。

千萬不能為羽川添麻煩。

無論如何，「我長達一年以上在身心方面都是家暴被害者」的這種謠言，要是傳到共通的朋友耳中就很麻煩……我在這一方面很難說自己的想法和命日子一樣，但是這種謝罪巡禮鐵定會造成旁人困擾。如字面所述，旁人會感到困擾，我也會感到困擾。

不不不，就算這麼說，要我到處張揚自己認為這種家暴被害沒什麼問題也不太對……命日子也不會說「不對喔～～我和帥男友深愛彼此喔～～」這種話，逐一向所有社團朋友解釋。

如果感情已經疏遠就更不用說。

我不像她那樣，而是依然悽慘地死纏爛打，總之我不能輕易下結論。把我與命日子的事件放在一起，感覺要提出多少假設都沒問題，但假設終究只是假設。

必須提出定論才行。現在沒有任何物證能證明這是怪異現象。

是沒錯啦，有物證的怪異現象才奇怪，但是我現在的思路被固定在某種情緒化的方向，這是毋庸置疑的事實。

彷彿看見了可以修復我與黑儀關係的一絲光明，而且就算命日子不想修復她和男友的關係，我或許也至少可以減輕這個朋友的煩惱……想到這裡，我難免想忽視夏威夷衫大叔的教誨，將這一切都推託給怪異。

回到租屋處獨自休息一下之後，我就再一次……不，就一而再再而三，以整晚的時間來驗證吧。為求慎重如此心想的我，回到位於大學徒步圈的公寓一看，隔壁房間的鄰居居然在玄關前面等我。

隔壁房間的鄰居。

換句話說，就是住處距離近到端湯過來都不會涼掉的老倉小姐……雖然距離近到端湯過來都不會涼掉，卻也總是吵架到必須遠離到射程範圍之外就是了，所以開戰的鈴聲即將敲響嗎？

「阿良良木……」

想必不是要從地獄前來借火，更正，來借醬油的這名兒時玩伴就這麼佇立不動，以一如往常洋溢瘋狂氣息的眼神，像是下咒般開口。

「我錯了……雖然不知道為什麼，但是我覺得非常對不起你……高中開班會那時候，國中開讀書會那時候，還有小學住你家那時候，責任總是百分百在我身上，都是我不對……阿良良木你沒有任何錯。成為大學生之後，你明明也是為我著想而搬過來，我卻老是對你發脾氣，你的人生被我害得亂七八糟對吧！我再也不會出現在你面前了，所以請原諒我！啊啊真是的，啊啊真是的，啊啊真是的，這樣的我真是討厭與討厭在討厭又討厭的討厭給討厭到討厭是討厭再討厭！」

「……知道了知道了。」

這是怪異現象。

好，著手解決吧。

012

「來聊聊惡意吧。

也可以說是犯意。換句話說，『對不起，我原本沒有這種意思』這樣的謝罪是否真的成立？來討論這個問題吧。

對於阿良良木曆來說，這種謝罪或許算是習以為常嗎？

呵呵。

你這種不否定的態度很加分喔。

既然不是故意的，若問這樣是否能減輕罪狀，確實會減輕。量刑會因為故意或是過失而變化，這是在所難免。

被害者的痛苦也會改變。

同樣遭遇交通事故，對方是否遵守法定速度，是否闖紅燈，甚至是否妥善安裝兒童座椅，被撞時的感覺都不一樣。說到闖紅燈，如果對方遵守號誌指示，那就是這邊闖紅燈，所以某方面來說也罵到膩了。

既然沒有這個意思，那是什麼意思？『為了你好』這句話是母親不肯道歉時的口頭禪，而且應該沒騙人，不過依照動機難免會產生酌情考量的餘地，這部分也只能視為在所難免而認同。

即使不認同，也只能原諒。

因為也有『我知道做錯事了，但是只能這麼做』這種花式的謝罪手法，所以不能一概而論，不過對方懷抱惡意動手的時候，不只是動手會造成傷害，懷抱的惡意本身也會造成傷害對吧。

因為詐騙而被害的時候，金錢方面當然受到打擊，『被人鑑定是好騙的肥羊』也令人難過得要命對吧？並不是只要沒惡意就可以傷害別人，反過來說，也有善良男女毫無惡意就傷害別人，但是以『是否易於原諒』的意義來說有著天壤之別。

不過，也有『我不是故意的所以不道歉，因為道歉之後就像是故意的』這種想法。雖然應該不是故意這麼說的，不過這種自找死路的想法，終究有點令人難以原諒吧。」

013

即使天地倒轉都不可能發生，「老倉向我道歉」這個前所未見的怪異現象發生之後，清楚得到確信的我，下一步採取的行動是回到老家。與其說回到老家，嚴格來說是回到家鄉。我元旦的時候就曾經回去，所以這麼一來和騎腳踏車通學的那時候沒什麼兩樣，我在返鄉的同時如此反省，不過事到如今已經沒空在租屋處休息了。

內心好好平靜下來沒關係，但是身體可不能好好坐下來。

無須多說，我返鄉的名目有一部分是基於本能，也就是想要盡快盡可能遠離「不斷謝罪的老倉育」這個稀奇古怪的人物前去避難，除此之外也是因為我在理解狀況的同時，稍微思考一下就知道這不是我一個人應付得來的事態。

我不想承認就是了……

雖然不是撤回前言，但是這個事件很難說是我擅長的領域，不方便以「著手解決吧」這種心態躍躍欲試……雖然聽到有人質疑我是否有擅長的領域，但至少我很清楚自己不擅長的領域。

對於折磨內心的這種怪異，我沒有巧妙處理得宜的前例……因為無從發揮吸血鬼的不死能力。依照我的經驗，吸血鬼因為在肉體層面十全十美，所以反倒是活得愈久，內心就愈是脆弱。

我總不可能以吸血鬼的臂力將道歉的老倉揍飛……相較於之前應付妖貓、猴掌或蛇神這種存在於物理層面的妖怪，這次的狀況截然不同（但我在對付妖貓、猴掌或蛇神的時候也完全沒機會活躍，這部分暫且不提）。

現狀真的比較像是戰場原黑儀被夾住，我對付重蟹的那個時候……我說得像是事到如今終於回歸原點，真的像是在回顧許久之前的往事，有一種不耐煩的感覺，不過如果說這是黑儀造成的傾向就一點都沒錯吧。

怪異是基於合理的原因出現。再怎麼奇怪或異常都有理可循。

「別把任何事情都推託給怪異」這句話，也是出自於這個意思。即使發生怪異現象，也都是人類造成的。

所以，我凱旋回到家鄉。

別說衣錦還鄉，甚至像是下放回鄉，幸好雖然「凱旋」是謊言，但我並不是夾著尾巴逃回來。

是返家尋求助力。

或許人只能自己救自己，但是在救得了的狀況下就不在此限，人數多一點反而比較好，這就是阿良良木曆現在堅守的立場。

只可惜湊不到人。

我的人望毫無希望。

進入大學之後，我在這種時候都完全依賴斧乃木，不過說來遺憾，她由於過度偏袒我這個監視對象，為此（感受到責任）正在接受無限期的閉門自省。總之即使沒有這個原因，那個迷戀肌肉的式神女童也是更勝於吸血鬼的力量型角色，這一類的奇奇怪怪果然不在她的專業領域吧。

無法得寸進尺要求女童提供更多協助。

說到專業，這種時候應該要依賴專家們，但是我在這方面的門路目前完全斷絕，所以無從指望。唔～～即使只是被利用友情，當時和臥煙斷絕往來果然是錯的吧。

昔日處理黑儀重蟹的夏威夷衫大叔，現在不知道在哪裡流浪……斧乃木的主人影縫要怎麼聯絡也不得而知，就算知道，可以的話我也不想接觸她這位暴力陰陽師。

貝木？那是誰？

說起來，想委託專家的話就必須準備相應的酬勞，不打工只靠家裡出錢維生的大學生很難做出這個選擇。相應的金額對我來說並不相稱。明明沒領獎學金，我可不想再度背負五百萬圓的債務。

然而，我絕對不是束手無策……面對棘手又急迫的現狀，我已經找出打破僵局的活路，真要說的話從一開始就找到了。正因如此，我才會開著福斯金龜車飛奔回到家鄉，要去面對我留在該處的自身內面。不對，不是內面，應該說是表裏兩面之中的裏面……

是的。

阿良良木曆的裏面——忍野扇。

「喀喀，即使自以為在激戰之後畢業，那片黑暗依然直到天涯海角都如影隨形。是吧，汝這位大爺？」

此時，不經意轉頭一看，金髮幼女趾高氣昂坐鎮在金龜車的副駕駛座，正確來說是金龜車副駕駛座安裝的兒童座椅。前鐵血、前熱血、前冷血的前吸血鬼，同樣姓忍野卻不同名的忍野忍搶先登場。

再怎麼囂張地趾高氣昂，她坐的也不是王位而是兒童座椅，不過看到這種傲慢擺架子的態度，我內心輕輕鬆了口氣。

如果連忍都開始向我道歉，我的內心終究撐不住。要是忍為了在那個春假吸我血的往事道歉，我會想按照一般吸血鬼的做法自殺。即使是類吸血鬼的我都想這麼做。

「哼，無須擔心。吾至今不曾向任何人低頭。因為是怪異之王。」

「是……是這樣嗎……？可是記得春假那時候，妳要吸我血之前，說了好多次『對不起』……」

「以吾之語氣說這三個字，應該會是『對不起！』之命令句。或許當時是在說『對，不起』。如同『下雨天留客天』那樣。這根本連道歉之邊都沾不上。」

「妳不小心失誤毀滅世界的那時候，我記得妳也道歉不少次……」

「那是發生在另一個世界之事件。當時是怎麼回事，吾記不得了。」

雖然忍或許是在裝傻，不過說真的，聽妳以這種語氣說自己不記得，感覺像是因為年紀大了所以記性不好……畢竟實際上也六百歲了。不過要是我指摘這種細節，導致她和之前一樣攪動自己的腦漿就麻煩了……我習慣將愛車內部維持得乾乾淨淨。

也不准她在車上吃甜甜圈。

「不過，吾主還真是冷淡之男人，何其悲哀。若是需要協助，首先應該找吾這個生涯之伴侶才合理吧。」

真虧妳敢這麼說。

上次明明連臉都沒露過。

「關於這種精神層面的現象，既然我不擅長，妳應該也不擅長吧？其實我真的很擔心妳會不會開記者會向我道歉耶？」

「喀喀，若要這麼說，汝這位大爺同樣令人擔心。根本不是擔心吾之場合。汝這位大爺貿然返回家鄉，為了至今對少女與女童與幼女與妹妹之所作所為表現悔意之可能性，汝這位大爺是否好好想過？」

「什麼所作所為？我不記得喔。妳有證據嗎？」

「這不是年紀大記性不好，純粹是重刑犯之歪理喔。應處六百年徒刑。」

只不過，聽她這麼說就覺得沒錯，當下不確定還能像這樣拌嘴多久。多虧老倉，我確信現在發生了某種事態，但是還看不出這個現象的原因。在不經意的瞬間，我或是忍就可能被受困在無限的罪惡妄想。我與忍的主從關係，就像是藉由互不謝罪而自然成立，所以一旦發生這種事會很致命。

世界可能會再度毀滅。

「若要這麼說，汝這位大爺企圖依賴之黑暗姑娘也不一定正常啊。」

「小扇原本就不正常吧？」

「或許會道歉喔。像是『去年在各方面插手多管閒事，請容我表達歉意』這樣。」

「就算她用這種像是拜年的口吻向我道歉……」

若問是否在意，我確實在意，但我覺得既然我與小扇互為表裏，只要我沒出問題，小扇應該也不會出問題……

互為表裏。

正因如此，我才能找她尋求援助……說到表與裏，忍野扇是這方面的專家。若要說另一個世界，以前我迷失在「鏡面世界」的時候，到頭來還是被忍野扇救出來的。

「當時那個活潑開朗又陽光的反轉老倉也令我不敢領教，不過謝罪的老倉真的是慘不忍睹……無論如何都要讓她回復正常臭罵我一頓，不然我特地搬到那裡也沒意思了。」

「如同先前所述，汝這位大爺先向那個通用名姑娘道歉吧。」

「不准把老倉說成通用名藥物。那傢伙不是黑儀的廉價版。」

不同於那時候，這次並不是整體翻轉過來，也是應該注意的重點……以整個世界的意義來說如此，以個人層級來說也是如此。

包括戰場原黒儀以及老倉育都一樣，除了不斷低聲下氣道歉，其他部分大致可說是正常運作……只有謝罪這部分是在省道狂飆。

「與其說省道，氣勢已經像是在德國高速道路狂飆了。記得高速道路的德文叫做什麼來著……burn out？」

「是 autobahn。burn out 是燃燒殆盡之意吧？」

「實際上，我真的以為燃燒殆盡了。燒碎到連黑炭都不剩……啊啊，不過說到『鏡面世界』，妳在那裡是『國色天香姬』對吧？」

「呼呼，吾至今依然是國色天香喔。」

忍做出撥起金髮的動作。在兒童座椅這麼做。

精神都鬆懈下來了。明明安全帶繫得很緊。

「只不過是『姬』變成了『奴隸』。不妨稱呼吾為『國色天香奴隸』吧。所以這又怎麼了？」

「黑儀說出自殺念頭的那時候我也想到，當年妳是『國色天香姬』的時候因為過於高貴，讓晉見妳的所有人都抱持自卑感，覺得『活在世間真的很抱歉』對吧？」

如同前面所說，我原本甚至認為這次的現象別找忍協助比較好，不過既然她像這樣現身，我只在這方面問清楚或許比較好……雖然黑儀的自殺念頭應該始終是一種修辭方式，不過對於實際在「鏡面世界」，差點在「國色天香姬」面前自我了斷的我來說，必須考慮到最壞的狀況。

模仿童子軍的說法就是「要隨時做好最壞的準備」。

「怎麼回事，想暗指吾在本次事件亦為嫌犯嗎？不得了不得了，這可是莫須有之罪名啊。好吧，汝儘管逮捕看看吧。反正吾立刻就會獲釋。」

「妳這才真的是重刑犯會說的話。感覺像是屬於某種特權階級。」

哎，說得也是。

何止是特權階級，她曾經是姬，是公主。

也曾經是王，是女王。

「不過，公主時代確實已經是大約六百年前之往事，所以記不得了。何況那個並非怪異現象。」

「是嗎？」

「是吾成為吸血鬼以前之特性。吾反倒是為了喪失這個特性，才會成為姬絲秀忒・雅賽蘿拉莉昂・刃下心……大概吧，又好像不是這樣……」

記憶還真的模糊不清了。

不過，這麼說來也對……一個不小心的話，感覺會和羽川教我的吸血鬼技能之一「魅惑」混淆在一起分不清，不過「活在世間真的很抱歉」的那種反應，和黑儀、老倉或是帥男友的謝罪攻勢似是而非。

應該說，如果兩者相同就麻煩了。

「妳的意思是說，那不是怪異的特性，是人類的技能？這麼一來就誕生一種假設了。那就是我與命日子的高尚人性影響到周圍的人……」

「哈！「哈哈！「哈哈哈！「哈哈哈哈！「哈哈哈哈哈哈！」

「出現了，吸血鬼笑法。」

不過我自己說完也差點笑出來……食飼命日子是相當獨特的怪人，而且人緣很好，不過若問是否達到公主的級數，在她身上尋求這種領袖氣質也太亂來了。

至於我就無須多說。

我連說都不想說。

領袖氣質？我還以為在說什麼初夏氣息。

「汝這位大爺亦不像是有什麼初夏氣息吧？反倒是嚴冬寒意。」

剛才放聲大笑的忍，像是調整呼吸般吐我槽（急速冷凍？）。

「吾亦無法說得斬釘截鐵，然而包括汝與汝之友人，這些行徑看起來皆不像是活人所為。按照汝這位大爺之推測，認定此為無生命怪異之行徑比較適當……只不過，活人使喚無生命怪異之可能性並非是零。」

她說出自己的見解。

雖說附帶某些條件，不過感覺她起碼贊成我的獨斷專行……我吃了一顆定心丸。總之，我與忍團結一致的時候大多會犯錯，所以自我批判的力道不能在這時候放鬆。

「那麼，如果不是以『國色天香姬』，而是以『怪異之王』的角度來看，妳心裡有底嗎？有沒有怪異會像這樣對心理產生作用？」

「吾並非美食家。雖然怪異是能量來源，吾卻不熟悉怪異之種類，頂多只能大致分類為不同養分。」

「不過，妳不是曾經提供『圍獵火蜂』的情報給我嗎？」

記得那是作用於肉體的怪異？不，以安慰劑效應的意義來說，是作用於精神的怪異嗎……畢竟追根究柢近似於詐騙。

「那只不過是從夏威夷衫小子那裡現學現賣。俗話說得好，廟旁之小姑娘會念經。如同現在像這樣束縛在汝這位大爺之影子裡，以前束縛在那棟補習班遺址時，吾聽過那小子之講解。」

「啊啊，這麼說來好像沒錯。孔雀小妹那時候，妳也只是轉述。」

「這件事，吾亦忘得差不多了。剛才突然聽汝說『圍獵火蜂』這種莫名其妙之字眼，吾一整個錯愕不已。」

忍的記憶力真不可靠……當時死屍累生死郎的那件事，這傢伙該不會也是真的忘了吧？

長生不老這種事實在不可行。

但我還是希望她活下去。

不過，先不提夏威夷衫大叔的教導，沒忘記就活不下去的事情應該也不算少吧……比方說罪過，或者是罪惡。

被害與加害。

即使下手的一方忘記，被下手的一方也不會忘記。即使能忘的一方忘記，不能忘的一方也不會忘記……是嗎？既然這樣，還是只能對忍所說的夏威夷衫小子——忍野咩咩的姪女忍野扇抱持期待……小扇自己絕對不是怪異權威，不過這明顯在她的領域範圍。也可以說是她喜愛的菜色。

因為忍野扇是喜歡在心理層面把我逼入絕境，以此當成嗜好的心理學後輩。

精神攻擊是她的家傳絕學。

「…………」

雖然我沒有當真懷疑曾經是「國色天香姬」的忍，不過小扇是本次事件幕後黑手的可能性其實不低吧？

這麼一來，我像這樣驅車回到家鄉等同是飛蛾撲火，不過現狀沒有其他有效的方法。我原本認定在即將畢業的那時候姑且已經和小扇做個了斷，但我必須盡量小心行事，否則不知道會遭受何種報復。

哎，也就是說不能像以前那樣，裝出前輩的態度面對後輩了。在見面的時候要好好下定決心才行。

「話是這麼說……即使回到老家，首先要見到小扇就是難題。從那孩子住在哪裡就是非常難解的謎團……」

小扇現在是直江津高中二年級的學生，所以真的找不到的話只要造訪母校就好，但我是在高中生活大多留下不愉快回憶的畢業生，老實說想盡量避免接近那個地方。

我現在才想到這個問題，不過這下子該怎麼辦？既然發生了超越理解範圍的現象，現在肯定不是耍這種任性的時候……

所以，真的需要的話我不惜這麼做，但是在這之前，可行的方法都確實嘗試看看吧。雖說是我的「裏面」，不過現在的忍野扇和我的另一個學妹——直江津高中的超級明星，籃球社的前王牌球員神原駿河走得很近，這一點可不能忽視。她陪在昔日向猿猴許願的少女身旁，在各方面插手多管閒事。

換句話說，在導航系統輸入神原家的住址是正確做法。回想起來，我最後一次見到小扇也是在神原家門前，就順便幫我久違的可愛學妹整理房間吧。

014

「不過，既然這樣比較容易得到原諒，即使是基於惡意刻意使然，還是要當成無心之過來道歉，這麼做的CP值比較高。

也可以說比較合理。

也可以說比較合法。

裝出自己覺得比較好的模樣會比較好嗎？

你應該會否認，說這只是在騙人，不過實際上又如何？接受我謝罪的被害者那一方，與其說希望我說話誠實，更希望我不是故意犯下這個錯吧？與其說希望我人品高尚，更希望他自己不是受害者吧？

我就會這麼希望。

請以被害者本位思考這個問題。

我沒有這種意思，雖然你應該非常不肯相信，不過這是各種倒楣事湊巧同時發生造成的——與其在表面上裝出認錯的態度，以這種方式解釋，或許意外地更能令人舒坦得多。

如同認為自己沒錯，自己沒做錯事，或許是想要置身在任何人都沒犯錯，任何人都沒做錯事的世界觀。即使隱約察覺應該在說謊，也沒有特別指摘，而是若無其事大方原諒，這就是大人的處世之道吧。

沒有任何人有錯的過錯。

壞人不存在。

就某種意義來說，與其聽別人絮絮叨叨一直辯解，給一個易於妥協的藉口，對於生氣的一方來說也有所助益。為了提供折衷點而說謊的行為絕對不是壞事。

我個人很想這麼說，不過事實上依照狀況，要是這個淺顯的謊言被拆穿，就只會變成令人見笑的自我辯護，惹得對方更加不高興。即使解釋自己是為了對方著想而說出易於原諒的謊言，也只會造成反效果吧。

不是被害者本位，是自我本位。

考慮到這個風險，從一開始就別耍手段老實道歉，也是聰明的做法之一。我不建議就是了。

這也要看謝罪的目的而定。

是為了讓對方高興？

還是為了讓自己高興？

為了讓對方受苦而重複謝罪的案例也散見於各處。

因為重複謝罪而重疊自己的罪。

重疊再重疊，重重疊疊。」

015

「喔！這不是阿良良木輩前（註4）嗎！唔哇，好久不見！您還是這麼英俊挺拔，人家還以為是極樂鳥耶！您特地來找人家想見面嗎？來來來，請把這裡當成自己家進來坐，進來抬槓吧！」

話說在前面，這絕對不是我可愛學妹神原駿河的臺詞，更不是我可愛分身忍野扇的臺詞。

我將金龜車停在老家停車場，和妹妹們稍微嬉戲之後徒步前往神原家，在遼闊日式宅邸門口迎接我的（順帶一提，忍重新躲進影子了。那個金髮幼女非常不擅長應付神原）還以為是誰，原來是日傘星雨。

不對，居然說什麼「還以為是誰」，妳是誰啊？

妳從第怪季之後就一直登場，但是並沒有成為人氣角色吧？妳到目前為止沒獲

註4　將「前輩」反過來唸，日本九〇年代的辣妹用語。

得任何迴響喔。

「別這麼說啦，沒人氣比較可以恣意妄為，這不是很好嗎？哎呀～～人家隨口答應河河幫忙看家，差不多開始閒到發慌了，卻意外見到阿良良木輩前，人家現在嗨翻天喔。」

一陣子不見居然變成辣妹了。

妳沒用過「人家」這個第一人稱吧？

記得她明明是運動社團的籃球社社員……啊啊，不過她早就退休，當時之所以繼續參與社團活動，是因為社團內部的紛爭還沒結束。

或許是紛爭告一段落之後就放鬆下來了……與其說放鬆，不如說放飛了。

不過，妳是考生吧？

進入新的一年，接下來應該正式衝刺吧？

「啊，不過日傘學妹，難道妳其實也是很聰明的角色？」

「沒有啊？完全不是啊？反倒是呆瓜角色喔。」

總覺得這樣反而可靠。

感覺像是會以出乎意料的理論成功證明ＡＢＣ猜想。

「沒有啦～～人家在最後衝刺的時期跑不過別人，內心發出啪嘰的聲音受挫了。年底的大學校園開放日也全部蹺掉喔。在開放的校園關閉內心。」

她說得挺妙的，不過現在是說這種話的時候嗎？

校園開放日……我的大學也會舉辦嗎？

「那個……神原呢？妳剛才說她拜託妳看家……是家族旅行之類的嗎？高中現在還在放暑假？」

「不，河河一如往常是和阿扇外出了。有說到木乃伊還有供養什麼的。不過她的爺爺奶奶在正月期間好像必須待在本家？」

「本家？」

這座宅邸如此氣派，令我覺得這裡就是本家，不過原來另有根源嗎……孫女神原沒參與這場「家族旅行」，因為她是原本要繼承家業的父親私奔之後生下的孩子……別人的家庭真是複雜。

不禁覺得我家單純得多。

「所以，人家覺得河河一個人應該會寂寞，就像這樣待在這裡，借了一個房間讀書。不過，人家是覺得長大再讀書就好的那種人，所以只在看電視發懶。」

難怪她一副輕鬆隨便的模樣，居然把這裡當成自己家。

這個學妹的器量實在了得。

這麼說來，這女生來我家的那時候也很輕鬆隨便……我在大學生活也想過，這個世界上真的有著各式各樣的人。要是高中時代就察覺這一點該有多好。感覺那三年吃了兩年以上的虧。

「好啦，所以呢，雖然不知道找河河有什麼事，不過阿良良木輩前，進來吧進來吧。超級明星晚點就會回來，所以請暫時和我這顆小行星一起玩吧。現在進來的話，我自製的藍莓香蕉桃子哈密瓜瑪芬還有剩喔！」

「妳這瑪芬的水果比例是不是比蛋糕體還高？」

如果這是某種麥高芬（註5），那這個伏筆還真是討人厭……不過，我也差不多該養成造訪之前先知會的習慣了。

我總是依賴偶然的相遇與必然的奇遇，才會像這樣遇見準班底角色。沒辦法了，依照小扇現在的優先順位，神原在我前面。

小扇只會纏著我的那個時代已然終結……我以意外的形式體會到這一點，在化為辣妹的女高中生邀請之下，就這麼進入熟門熟路的別人家。

像這樣描寫就會發現，我的所作所為在各方面都幾乎是犯罪行為。但我必須好好說清楚，我絕對不是沒多想就被牽著鼻子走。

俗話說士別三日刮目相看，我離開家鄉才短短幾個月，日傘（是因為考試壓力嗎？）就變成辣妹了。話是這麼說，但她也沒有向我道歉。

註5　電影用語MacGuffin，和瑪芬（muffin）音近。

說起來，日傘沒做過必須向我道歉的事，但是若要這麼說，黑儀與老倉也沒做過。看來奇妙謝罪風潮的魔掌至少沒伸到我的家鄉。

不過，光是以門口的對話來判定也有點言之過早，我想再試探一下……這就是專家所說的田野調查。

或許應該說是取樣調查。

正因為是隨機的相遇才做得到這種事。說實話，我順道回老家的時候，也已經對妹妹們進行這種分析。

並不是單純的嬉戲。

我和妹妹嬉戲是有理由的。有其必然性。

妳們兩個是不是有什麼必須向我道歉的事？我就像這樣詢問兩個妹妹火憐與月火，不過該說是徒手推布簾還是在米糠裡打釘子，兩人心裡似乎都沒有底。

只不過，在米糠放入生鏽的釘子可說是正確的做法，所以拿來和徒手推布簾相提並論，在語意上也怪怪的。命日子在這個局面應該會這樣指摘吧……總而言之，所以最後只以嬉戲收場。

因為離開老家很久，所以盡情嬉戲。

「既然這樣，汝這位大爺該道歉吧？為了自己升上大學卻還在和妹妹們嬉戲道歉。」

「我不道歉。我反倒覺得應該稱讚。如果是全盛期的我，光是和妹妹嬉戲就會用掉一百頁。」

「這種全盛期真討人厭。根本是發情期吧？」

與其說是比較自制，總覺得只是基於令和的法規被迫省略，總之這段對話可能發生過也可能沒發生過。

無論如何，升上高中的火憐暫且不提，要是月火向我道歉，我可能會枉費吸血鬼的不死特性而休克死亡，長年受到各位讀者支持與愛護的《物語》系列也終於會邁向終結（感覺這個妹妹比老倉或忍更不會道歉。以她蠻橫的個性，如果要她道歉肯定會大發雷霆……那已經是一種信念了），不過既然日傘看起來也沒異狀，目前我的家鄉幾乎算是安全區域，我幾乎這麼判斷也幾乎沒問題。

「幾乎」的三重使用。

反過來說，危險水域是曲直瀨大學。

到目前為止，發生怪異現象的範圍限定在大學境內。帥男友、黑儀與老倉都是曲直瀨大學的學生。不過也有我或命日子這樣沒出現異狀的學生，所以這只不過是假設……我們兩人可能是例外，或者是有別的原因。

我和日傘的促膝長談始終只是突發性的取樣調查，但這其實也是相當重要的問訊，因為如果我的家鄉是安全區域，那麼小扇的嫌疑可說是已經洗刷八成。

說八成也有點誇大。

現在和神原形影不離的小扇，或許還是願意理會早已相隔兩地的我，這個想法恐怕過於自以為是……不過在這種狀況，我擔心她是否肯幫我這個忙。

哎，這部分晚點再想吧。

首先是日傘。我就充分發揮自己的調查技巧，將她從運動員變更方針成為辣妹的這種心態徹底揭露吧。

我要看看赤裸裸的她。

……以令和的法規來說，這句慣用語也不能用嗎？

「來來來，請進請進。人家現在就清出能坐的空間。不好意思～～我家的河河真是的，把房間弄得這麼亂七八糟。」

「……這該不會有一半是妳弄亂的吧？我到處都看得見被悽慘撕毀的全新參考書與新字典。」

參考書就算了，字典有辦法徒手撕成兩半嗎？

明明不是猴掌啊？

「嘿嘿嘿，人家活用了打籃球鍛鍊的肌力。」

「鍛鍊一下腦袋吧，這位小姐。」

無論是誰弄亂的，光是短短幾個月沒來，神原的房間就凌亂到無從描繪。

就像是整棟垃圾屋的垃圾塞進一個房間，不知道這樣形容是對是錯。雖然是和室，卻看不見半張榻榻米，真要說的話，連拉門與柱子都只在天花板附近若隱若現。垃圾要丟掉，東西要減少，用過的物品要放回原位，我明明費盡脣舌百般叮嚀，離開家鄉的時候還送了掃把與畚箕，那傢伙卻完全沒把我這個學長的苦口婆心聽進去。掃把與畚箕如今想必也埋在房間某處吧。

「哆啦A夢的祕密道具之中，人家以前最想要的是竹蜻蜓，不過現在想要的是記憶麵包。」

「我從以前到現在都始終如一，最想要惡魔護照。」

「您這樣只會洋溢邪惡氣息喔，阿良良木輩前。想要地球破壞炸彈的兒童都比您健全得多。」

只洋溢邪惡氣息的阿良良木輩前就這麼自然而然開始清掃房間，不過這始終是順便進行的工作。得在神原與小扇回來之前完成日傘的採訪。

「阿良良木輩前，要喝什麼飲料配瑪芬嗎？這附近的寶特瓶都還沒喝完哦？哎呀～～河河的房間真是寶山耶。」

「神原至少還知道垃圾是垃圾，妳的墮落卻簡直永無止境。運動員一旦懶散下來真是慘不忍睹……」

我對此只有率直又悲哀的感想，不過當成偵訊的開頭還不錯，所以我就這麼連接到正題。

「現在這副模樣，妳不覺得對不起我嗎？」

「人家為什麼要覺得這副模樣對不起您？」

日傘躺在垃圾床上，露出疑惑的表情。「垃圾床」不是比喻，床就像是垃圾般斜向翻過來掛在室內。

「但人家當然覺得有點對不起媽媽就是了。」

啊～～這麼說來，我家的火憐也曾經一度叛逆……我懷念地回憶那段往事。與其說學壞，應該說她升上國中之後亢奮到不行。

小憐被媽媽臭罵一頓，然後更生了。

與其說臭罵，應該說痛毆才對……假設火憐為了當時的那件事重新向母親道歉，聽起來總覺得是一段佳話。

實際上，她應該感到歉意吧。

不過，如果母親為了自己對女兒動粗而謝罪，這也會成為佳話嗎？明明火憐應該已經不在意，甚至可能感謝母親當時打她……如果母親說當時打她是錯的，那個直腸子個性的妹妹到底會怎麼想？

不過，這真的是運動社團的作風。接受體罰或是以斯巴達形式培育的世代，會主張「那是愛的鞭子，我因為接受嚴厲的管教，才造就現在的我」，不過要現在的人全盤接受這種主張果然很難……直江津高中的女子籃球社曾經抱著這顆炸彈（社團活動破壞炸彈），在超級明星世代離開的時候爆炸。

「女籃社後來怎麼樣了？我覺得已經平息的風波有復發嗎？」

「人家與河河盯得很緊，所以目前沒問題喔。現在反倒是學妹在擔心人家。說得也是，人家也覺得這樣不好。在最後讓她們看見這種背影挺抱歉的。」

嗯……

有點難以判斷。感覺這方面像是普通的歉意。雖然不是模仿忍每次吐槽我的語句，不過我想建議她向學妹們正式道歉……

「現在，學妹們被升學考試的恐怖嚇得半死。讓可靠的前任隊長墮落到這種程度的填鴨教育，令她們瑟瑟發抖。」

「不介意的話，我來教妳吧。如果是數理科目，我應該多少可以教妳。」

「哇，真是迷人的學習計畫耶。阿良良木輩前居然要手牽手一步步教人家，感覺河河應該會吃醋。」

「妳說的河河現在狀況怎麼樣？」

雖然偏離正題，不過在最後衝刺的這個時期，神原卻和小扇在外面遊蕩，所以我很擔心。在去年這時候的最後衝刺時期和蛇神嬉戲的我都這麼擔心她，可見真的很危險。

「那傢伙是關鍵時刻發揮堅強實力的女性喔。是人家引以為傲的朋友。畢竟她也是只憑著努力與毅力就考上直江津高中，和你我這種凡人截然不同。」

這傢伙完全在鬧脾氣了……

我當年落魄的時候也是這種感覺嗎？

日傘自然而然用「你我」這個字眼把我算進來，所以應該是這種感覺吧……不過，這或許是我家鄉的可愛之處，關於辣妹的知識都是刻板印象，即使要叛逆還是要學壞，頂多也只到這種程度。

畢竟是國中生會扮演正義使者的城鎮……難怪會成為騙徒眼中的肥羊。

「像是人家這樣的脫隊組到處都是喔，一點都不稀奇。放心，不就只是升學考試嗎？這段時間我就在路邊打街頭籃球吧，和調皮的小學生一起打。」

「喂喂喂，都高三了還和小學生玩在一起……」

這就是在說我吧。

真的一點都不稀奇。

不過，回到正題，在各方面變貌到這種程度的日傘，也沒出現帥男友、黑儀或老倉那種變化。像這樣接連面對沒有症狀的案例，我也開始懷疑這一切果然只是我的誤會。

本應獲得的確信在動搖。畢竟帥男友的事蹟始終是聽人說的，仔細想想，黑儀與老倉的奇特行徑，若要說一如往常也確實一如往常吧？

「怎麼了，阿良良木輩前，最近您的個人風潮是謝罪嗎？」

「該說個人風潮嗎……但這不是我個人的風潮。」

大概是終於對我的盤問抱持疑惑，這個冒牌辣妹開始反問。不妙，得想個適當的藉口才行……我的戰鬥不能殃及無辜的人民。

雖然已經很像是在演一場和臺下有所互動的戲碼，但我提出了一個頗為貼心的解釋。

「這是大學報告的課題。我選修犯罪心理學，正在學習加害者對於被害者的謝罪行為。」

「喔～～這樣啊。大學上的課挺艱深的耶。人家光聽就頭痛。放棄升學考試真是太好了。」

「日傘學妹，現在放棄還太早喔。」

「人家滿腦子以為啊，阿良良木輩前大概是突然連續被兩個不像是會道歉的熟人道歉，因為大吃一驚所以到處在徵詢別人的意見。」

妳也太敏銳了吧？

所以說，妳還是好好唸書準備考大學吧。

不要浪費天分。

明明有我這種因為「想和正在交往的同班女友選擇相同的出路」而立志考大學的傢伙，像她這樣眼睜睜放過教育機會的學妹，我實在無法坐視。

不過，即使是敏銳的日傘，因為我不只沒介紹，甚至也沒提過命日子的事，所以她終究沒能以直覺猜到正在和命日子交往的帥男友。

若問誰做得到這種事，就是臥煙。「無所不知的大姊姊」臥煙輩前。

「嗯嗯，不過人家明白喔。謝罪謝過頭就是暴力了。」

「嗯？謝罪是暴力？」

我好像在哪裡聽過。

對了，命日子也說過這種話。

「您想想，無論這邊再怎麼有理，要是對方剃光頭或是跪下來磕頭，就會害得這邊覺得自己像是壞人吧？會毫無來由覺得全身不自在。」

啊啊，原來如此。

或許可以視為把被害與加害的表裏再度翻轉一次，這可以說是加害者對被害者施以「過度道歉」的加害行為，這種構造挺複雜的。

和「透過道歉行為塑造不存在的被害者」這種機制相同。

受到嚴厲斥責的時候，以過度的謝罪行為讓斥責的一方閉嘴，這也算是一種高明的手法吧——防禦是最大的攻擊。

「不過以人家的立場來看，即使因為這樣獲勝，也是兩敗俱傷的勝利吧。」

「兩敗俱傷的勝利？哎，或許吧。這麼說來，妹妹對我下跪磕頭的時候，我也想過同樣的事，覺得這樣下跪磕頭是一種暴力。」

「阿良良木輩前，您曾經逼妹妹下跪磕頭嗎……？」

「啊啊！就知道會變成這樣，早知如此何必當初，我變成壞人了！」

我想主張一下，不是我逼的，是她自己這麼做的……順帶一提，當時下跪磕頭之後，上演的就是《物語》系列首屈一指的著名場面，提供給各位參考……只不過，當時妹妹下跪磕頭不是在謝罪，是懇求。

是拜託我讓她見到崇拜已久的超級明星……一來到神原老師家，我就不由得回想起這段往事。

「這麼說來，我向金髮幼女下跪磕頭的時候，也是在懇求……當時是我主動積極那麼做的。」

「阿良良木輩前，不只謝罪，您還曾經把下跪道歉當成個人風潮嗎……」

辣妹一整個不敢領教，不過聽她這麼一說，我實在無法反駁。覺得像是以前的罪過被譴責……我要不要下跪道歉？

現在這句話以搞笑來說不成立。

因為換句話說正是這麼回事。

「不過，既然謝罪是暴力，那麼原諒的行為也可能是『我就好心原諒你』的高傲心態吧？」

「人家昔日在女籃社威風八面的時候，也曾經對學妹們說教，現在回想起來真是美好的時代，不過很多孩子即使沒反省也會乖乖道歉喔。而且我也覺得只要這樣就好。」

「覺得這樣就好？她們沒反省吧？」

「因為謝罪是儀式。照道理來說，只要維持形式就能維持體面。即使對方沒有誠意，只要表現誠意，這邊就願意收手。與其說接受，應該說收刀吧。以籃球比賽來比喻，輸球的時候再怎麼氣到全身發抖，最後還是要在球場中央大喊『謝教』！這是相同的意思。」

日傘說。

「那兩個字是『謝謝指教』的縮寫。啊哈哈，『早知道別道歉，應該道謝比較好』的這種橋段在電影偶爾看得見，不過在現實狀況，觀眾會覺得『總之應該先好好道歉』對吧？」

嗯……「謝罪是暴力」這種論點在現實層面很偏激，不過「謝罪是儀式」這種見解值得寫入我虛構的課堂報告。就像是戰後的談和條約，簽下去才終於算是結束整場戰爭。

帥男友、黑儀、老倉的謝罪攻勢，乍看像是認輸，卻沒要簽訂條約……滿心只想戰鬥到滅亡為止。這是一種毀滅，一種自滅……即使如此，要稱之為儀式或許還是誇大其詞，不過至少他們忽視了謝罪的禮節。

完全只顧及自己。

即使看起來再怎麼老套，拿著禮盒登門拜訪還是明顯有其意義吧。舉辦不知道向誰道歉的謝罪記者會，以形式來說也並非沒有社會性的意義。即使不認為自己有錯，只要偽裝成像是覺得自己有錯，就能讓對方稍微吞下怨氣，這種心理肯定不算是異常心理。

「剃光頭或是下跪道歉還好，到了切腹這種程度就是異常心理了。難道是愈不講理愈能判定充滿謝罪的誠意嗎？實際上在某段時期，被道歉的一方也確實希望對方這麼做，日本這個國家真是不得了耶，嘻嘻～～」

「嘻什麼嘻，這種事不好笑吧？」

不，真的不好笑。

如果謝罪的極致是切腹，就算不是切腹而是某種形式的自盡，那麼本次風波可能會邁向這個結果……成為「國色天香姬」的童話。

切腹也有禮節就是了……

「必須遵守謝罪的做法，否則只會成為煩人的傢伙喔。當然，就某個角度來說，正因為有人要求切腹或是斬首示眾這種過度的謝罪，才會有人進行過度的謝罪。」

「斬首示眾也是謝罪嗎……」

這是比自盡更進一步的贖罪方式嗎……這麼說來，我聽過的故事之中，也有人把切腹當成武士的榮譽。

「如果看過雞被砍頭之後還到處跑的樣子，怒氣應該會冷卻下來吧？」

「不只是怒氣會冷卻吧……」

整個人都會涼掉。

「要是被當成壞人，應該說要是被過度謝罪，感覺像是這邊要求對方過度謝罪，別說修復關係，這種機制甚至可能讓關係惡化對吧。人家之前也經常扮演這種和事佬，不過最常使用的方法是讓事情得過且過。」

「嗯，我和金髮幼女也是得過且過。」

「應該是難分難捨吧？阿良良木輩前，您動不動就想害得人家不敢領教耶。人家不會中計喔。雖然人家到目前為止說的都是和學妹相處的往事，但是和關係對等的河河吵架時，人家這邊都是以溫和方式平息風波喔。」

「那麼河河那邊呢？」

「那傢伙是那種個性，所以會勇敢率直道歉。確信自身價值不會因為道歉就打折扣的傢伙超強的。可以經由道歉來成長。」

實際上，如同曾經向猿猴許願，如同至今也被小扇糾纏，神原心理上的動盪幅度也很大，不過那傢伙確實比我這種人灑脫得多。再怎麼樣都不會死皮賴臉重提已經和解的舊事。

雖然曾經是死纏爛打的跟蹤狂。

「當然，人家該道歉的時候也會立刻道歉喔。這部分希望您不要誤會。借走河河的球鞋穿到現在的這件事，人家每次聽她提及的時候都會鞠躬道歉。」

「這只是因為妳不肯還吧……」

「不過，把河河的私人物品偷偷轉賣到她的非官方粉絲團『神原姊妹會』賺外快的這件事，人家還沒道歉。」

「有夠壞！這件事如果妳沒道歉，友情會產生裂痕吧？」

「這可不一定，感覺道歉才可能產生裂痕。因為一旦謝罪就等於認罪。反過來說，只要不謝罪，就等於這種罪不存在。」

這種反向論點真是不得了。也可以說是逆向操作。

不過，先不提道德觀念，還沒得到名為「和解」的結果，就把名為「吵架」的過程或是名為「罪過」的原因當成沒出現過，這種手法感覺挺有效的。「沒有任何必須道歉的事情喔」或是「沒什麼原諒不原諒的」這種臺詞，看起來是一種寬容的舉止，其實或許只是一直不去正視眼前發生的問題。

像是「一起當成沒聽到吧」之類的。

但我不想承認自己與忍曾經就是這樣……

「人家和河河交情太久了，要是貿然道歉，其他的過錯恐怕會一個接一個被拿出來鞭。例如她會說『我就趁這個機會說清楚』之類的，但是和現在這件事無關吧！像是這樣。或許不只是針對當下道歉的事情，還會趁機發洩平常累積的怨氣，所以輕易謝罪的風險超高的。」

原來如此。

只針對這一點承認自己的過失，也是很難的一件事……可能會成為發洩平日不滿的導火線，也可能會成為發動戰爭的理由。

「這麼想就覺得謝罪也要重視平衡。不對稱性……即使加害者想道歉，被害者像這樣不允許道歉的案例也是存在的……我經常聽到的是『不用道歉沒關係，下次要好好改進』這句話。妹妹對我說的。」

「您妹妹說的嗎……」

無須強調，當然是月火對我說的。

我也是笨蛋，所以當時痛快大喊「太棒了！不用道歉沒關係！」，不過仔細想想，不給謝罪的機會，就是不給加害者改過自新的機會，也是讓加害者一直懷抱罪惡感，這也可能算是一種懲罰。

對於黑儀先前拿釘書機往我臉頰釘下去的那件事，我光是接受口頭道歉就敷衍了事。

如果她一直對此過意不去，那我也無話可說……

「那麼，日傘學妹。」

忙到現在，我確定必須拿出真正的幹勁清掃房間才行，所以決定結束這場偵訊。這次的清掃工作，分心的話根本清掃不完。

「退一百步來說吧，假設如妳所說，感覺絕對不會道歉的傢伙，突然跑來向我道歉……」

「其實不需要在這種地方退一百步來說吧……不提這個，請早點吃掉那邊的瑪芬吧。請貪婪享用女生親手做的甜點吧。」

「咦？原來這個固體是瑪芬？」

好險，我差點清理掉了。

我以為是棄置至今的雜質結晶，一直不敢去碰……不過，若說是以辣妹風格裝飾的玩意，確實挺像的……不提這個。

「當成準備升學考試的休息站，或是當成求生過程的休息站，希望妳試著思考這個問題。」

「居然不經意想要將人家拉回升學考試的人生軌道。阿良良木輩前，人家真的超尊敬的。要說回禮也不太對，不過就來解開謎題吧？我日傘（註6）克莉絲蒂義不容辭。」

「如果同樣的事情發生在妳身上，妳會怎麼做？妳會怎麼想？感覺這輩子不曾向人低頭的傲慢人物，要是低聲下氣向妳道歉，妳感覺到的是誠意嗎？還是暴力？」

「這就難說了。如果對方是拋下尊嚴前來謝罪，換句話說，也可以解釋為對方認為自己的尊嚴有這個價值。人家還是會認為謝罪是一種態度，至於是否要原諒，要看彼此至今的關係以及距離感。即使被做同樣的事，即使受到一模一樣的被害，也會因為對方是誰而決定原諒不原諒吧。剛才說得也是這個道理，因為對方是學妹，所以即使只是儀式，我也會原諒。不過如果對方是顧問，光是低頭道歉，絕對不會得到我的原諒。」

「和顧問之間的關係……」

即使霸凌的一方沒有霸凌的意思，只要被霸凌的一方認為是霸凌，就會成為霸凌。既然這樣，只要被霸凌的一方不認為是霸凌，那就不是霸凌嗎？可是，說到受虐兒童如果願意袒護父母是否不算虐待，就絕對不是這麼一回事。

「被男友親吻會開心，被陌生人親吻就是犯罪吧？不過人家沒男友，所以這是亂

註6　日文的「日傘」與英文的「阿嘉莎」音近，阿嘉莎・克莉絲蒂是別名「謀殺天后」的著名推理作家。

猜的。」

「當然是犯罪。」

我也快要沒女友了，但是可以斷言。

和命日子聊到的個人經驗吻合。

不過，以命日子的例子來說，即使是雙方合意的行為，男友還是想將這個行為視為犯罪，這一點很特別。

關係是嗎……不過，說得也是。

黑儀為那麼久的往事道歉，令我莫名覺得受到傷害，原因當然在於我心目中「懷念又令我會心一笑的回憶」被她的道歉糟蹋，不過另一個原因或許是我覺得不只是那段初識過程，連彼此現在的關係都被她一口否定。

全盤否定。

不是一年八個月前的往事被糟蹋。

我覺得是這一年八個月的時間全被糟蹋。

第一次談分手被激怒的時候，我沒有這種感覺。那個事件位於我倆累積至今之情誼的延長線上。

關於老倉就不必多說。

以那傢伙的狀況，別說受傷，我甚至覺得被她背叛。我們的關係，我們的關係性，沒想到她是這麼認為的。

沒有比這更悲傷的事。

「要試試看嗎？如果人家在這時候親吻阿良良木輩前，會不會成為犯罪？嘻嘻～～」

「就說別嘻了。」

這種事沒辦法笑著帶過。

「看到別人擺出謝罪姿勢的時候，不要說『我在生氣喔！』而是說『Nice pose！』不就好了？好好稱讚對方彎腰駝背的姿勢讓他挺直吧！」

日傘克莉絲蒂這句回答，聽起來只像是在火上加油，完全不是我在這次偵訊調查想得到的答案，卻是可以參考的見解，或者說是治療有效的病例，而且無論如何，現在已經是結束討論的時機了。因為即使清掃房間的工作完成不到一半，從緣廊方向，圍繞神原宅邸的圍牆另一側，腳踏車的煞車聲伴隨著刨挖柏油路面般驚濤駭浪的腳步聲傳入我的耳中。

ＢＭＸ的煞車聲。

等待已久，本集書名的人物回來了。

016

「道歉的時機也很重要吧。

要抓準對方心情好的時候、正在吃美食的時候，或是外人在場的時候，必須把握這種時機才行。反過來說，在對方心情不好的時候、肚子餓的時候，走在四下無人的夜路而且對方拿著堅硬利器的時候，在這種時機道歉可不是聰明之舉。

不過，實際上或許才真的相反。

不讓人感覺到心機，完全抓錯時機的憨直謝罪，或許會意外地打動人心。要是對方認為『啊啊，這傢伙是抓準自己最有利的時機才來道歉』就完了。

被誤會自己滿腦子只想得到原諒，是非常令人難受的事。即使不是毫無這種想法，但明明是為了避免害得對方更不高興，才會試著抓準最佳的時機。

想要得到原諒，是這麼不對的事嗎？應該不對吧，都已經犯罪了，居然還想得到原諒。

與其犯錯之後謝罪，犯錯之後別謝罪比較好……也不是這麼說，我想，謝罪之後還是沒有得到原諒，正是這個紛亂世間想看見的最佳結果吧。

這可以說和『既然不被原諒，道歉就沒有意義』的這個任性想法處於兩個極端。不過，即使再怎麼下定決心唯獨這件事絕對不原諒，名為時間的良藥還是會治癒這道傷口。

簡單來說，就是忘記憤怒。

忘記曾經忘我的那份憤怒。

究竟在哪個時間點道歉才恰當？到時候會冒出『事到如今為這種事道歉，老實說，這一點都不重要了』的想法而為難？還是會冒出『居然在這時候道歉，是在瞧不起人嗎』的想法而重新燃起怒火？

明明好不容易忘記，如今卻重提這件事。

不過，『忘記』與『原諒』基本上完全不一樣吧。感覺甚至互不相容。

在原諒用的話語之中，『我已經忘了』是很強的一句話，不過即使再怎麼忘得一乾二淨，一旦回想起來，無法原諒的心情還是會慢慢湧上心頭。

無論是憤怒還是憎恨，就算忘記也沒有消除。除了少數例外。

以壞心眼的角度來看，也可以當成一種儲存。只是忘記但絕對沒有原諒，換句話說就是隨時可以再度動怒。

是『暫時保留怒火』的想法。

在人際關係裡，這是一張王牌對吧。

不是事到如今才打出來，是時機成熟才打出來的鬼牌。

而且也有相反的狀況。

也可能忘記自己曾經原諒。」

017

「英語的『I'm sorry』有『對不起』以及『節哀順變』兩種意思。到底是『請原諒』還是『好可憐』的歉意比較強烈呢？哈哈！」

小扇這麼說。

忘了說明一件事，現在的忍野扇是身穿立領學生服的黑暗少年，所以應該和日傘或是神原那樣稱呼他「阿扇」才正確。不過以現狀來說，這次就容我繼續使用「小扇」這個稱呼吧。

但願自己別令人覺得就像是即使後輩出人頭地，依然使用當年暱稱來稱呼的前輩……我在小扇的BMX後座如此心想。

不過BMX沒有後座，所以是在後輪安裝鐵製的踏腳處，我再站上去將雙手搭在小扇肩膀維持平衡。

我在高中時代也經常騎腳踏車，不過這麼說來，我可能是第一次像這樣騎在後面，而且是學弟的後座。我當然以學長身分要求由我駕駛，但是小扇堅持不肯把腳踏車的龍頭（還有坐墊與踏板）讓給我。

說起來，我沒理由非得和小扇共乘一輛腳踏車，不過和神原一起回來的小扇是這麼說的。

「沒有啦，別看我這樣，我也很忙的。就算您突然來找我，我也有下一個行程要跑。不過阿良良木學長曾經那麼照顧我，我也不能害您顏面掃地，所以方便的話，我可以在路上聽聽您怎麼說喔。」

他說完就跨上腳踏車。

我很想問他是不是《神探可倫坡》裡的犯人，但是聽他說我突然來訪令他很為難，我就無話可說了。

不過啊，可惡，小扇好冷漠。「想當年」明明是那麼親近我的後輩……這也沒辦法，因為現在的小扇是神原的搭檔。

以前的交情不可靠。

我明明早就知道這種事了。

所以，對於和腳踏車一起長跑，看起來終究露出疲態的飛毛腿神原，我僅止於稍微給她一個擁抱與飛吻，然後就離開日式宅邸。

這裡說的擁抱與飛吻當然是俏皮的玩笑話，實際上稍微進行的是偵訊調查。雖然已經無須確認，不過以防萬一進行檢查之後，我確認神原也沒有異常。如果她和黑儀或老倉一樣異常，出現一樣的症狀，那她肯定會拿出破壞我心愛越野腳踏車的往事進行過度的謝罪。

小扇也是，像這樣共乘一輛腳踏車，感覺他只是對我變得冷漠，難以捉摸的這種態度一如往昔。

很好很好，這樣很好。

只不過，依照這種感覺，並不是只要把至今偵訊的結果全部扔給小扇，我就可以回到老家高枕無憂。從這個後輩親近我的那時候開始，這種未來藍圖就是不可能成真的虛構幻想。

即使是小扇的叔叔，傳下忍野這個姓的忍野咩咩，當年也不是無條件拯救我們。說起來，他根本沒拯救。

人只能自己救自己。

他始終只是提供助力。

好吧，反正我原本就沒賭這種確切的可能性。沒預先知會又漫無計畫是我一如往常的作風。我這個壞毛病會想辦法在大學畢業之前改掉，現在就先專注面對現在的狀況，處理當下的事件吧。

雖然這麼說，但我該如何開口……我不知道小扇騎著腳踏車要前往哪個目的地，卻不認為他願意撥給我充裕的時間。考慮到命日子的隱私，我也必須簡潔說明才行……

真是難提的難題。

「哈哈，不過啊，居然可以像這樣和阿良良木學長一起騎腳踏車，我去年從來沒想過這種事。」

「說得也是。這麼想就覺得感觸良多。也算是一種懷舊情感喔。」

「不過，無論站著還是坐著，腳踏車雙載都是違法的。老實說，腳踏車屬於輕型車輛，像這樣騎在人行道就違反道路交通法。道歉是不是比較好呢？」

他像是朝著懷舊情感潑冷水般這麼說。不，他說得沒錯，所以我無從反駁。只不過，他都已經要求我站在後座了，即使這時候發揮守法精神，我也搞不懂他認真到什麼程度。

這種步調也令我懷念。雖然現在是用腳踏車代步。

「我自己已經沒在騎腳踏車，所以不方便說些什麼……不過老實說，我騎腳踏車的時候，不太在意這種違法行為。」

「這是立場的問題。等到開車之後就會翻轉心態，認為騎在車道的腳踏車很礙事吧。」

「我不是這個意思……」

自從騎腳踏車的那個時候，我就覺得騎在車道可能比較危險……法律是會修改的，如今腳踏車專用道路也增加了，所以安全性與危險性都不能一概而論吧。

持續性與暫時性。

「說到守法，在警匪電視劇或是偵探電影裡，和壞蛋飛車追逐的時候，追的人與被追的人都會乖乖繫上安全帶，有觀眾批判這樣不夠真實。阿良良木學長對於那種場面有什麼想法？」

我也很想重溫這段冷卻已久的老交情，但是現在沒空閒聊……話是這麼說，我和小扇的對話毫無閒聊的要素，也是毋庸置疑的一個事實。

全都是關於實情的對話。

或者說是關於虛實。

「該怎麼說，壞蛋應該也害怕出車禍，正因為事態緊急才會繫緊安全帶吧，我不認為哪裡不對勁……何況偵探應該也未必都是不知死活。」

「嗯，不愧是汽車駕駛。對於安全帶的信賴真不是蓋的。」

「不過如果沒駕照的壞蛋戴上安全帽與護具騎起腳踏車，我終究覺得不以為然吧。」

「哈哈，說得也是。不過，如果現在重製阿良良木學長的高中生活，您和戰場原學姊或是羽川學姊共乘腳踏車的著名場面，應該會全部剪掉。」

重製我的高中生活是怎樣？

我差點這麼吐槽之後一笑置之，不過看來他果然早就進入正題了。

我明明還沒開始說……

「小扇，你到底知道什麼——知道多少？」

「我一無所知喔。知道的是您——阿良良木學長。」

小扇就這麼面向前方這麼說。一如往常。

「即使阿良良木學長事到如今為了當時的共乘到處謝罪，大家也覺得不以為然吧。尤其是像我這樣深受那些知名動畫場面感動的觀眾。」

「提一下原作好嗎？」

說起來，我和她們上演共乘場面的時候，你還不存在吧？

「你想討論推出文庫版的時候改寫劇情是否OK嗎？這麼想就覺得我和火憐或月火嬉戲的場面不該剪掉，即使不要求寫到一百頁，也應該無視於世間觀感好好描寫出來。」

「不過，若問導演剪輯版是否都很精彩，其實也沒這回事吧。」

這孩子總是會提出反駁。

是一個把混淆論點反擊當成興趣的後輩。

反擊——翻轉。

「追加上映時封存的夢幻最終片段！就算聽到這種宣傳，觀眾也可能對於第一版的印象比較好。會有種畫蛇添足的感覺。」
「重製的時候經常會把偏激的部分改得比較圓融，之所以這麼做，應該也是因為很多人這麼希望吧。」
不，我不知道。
感覺我是為了幫自己打圓場而捏造出不存在的多數派。
「決策的過程不透明喔。許多人進行議論的結果，得出的卻是不符合任何人的希望，也沒有任何人得到好處的結論，這種例子很常見。我現在如您所見是男生，所以立場上全力支持女性走入社會，不過就算男女性別應該平等，我也不認為《哆拉A夢》登場角色的性別應該變更。即使靜香洗澡的場面當然應該減少，我也不主張胖虎與小夫應該有一人改成女生。」
別說主不主張，升上二年級的同時改變性別的你說出這種話也很奇怪，總之這也不是什麼偏激的論點吧。只不過，若要深入探討性別變更的問題，推理小說改編成連續劇的時候，將助手角色變更為女性的這種做法，是從以前就經常會做的事。現代在這方面是怎麼做的？
「哈哈，就像是魯邦那一行人之中的五右衛門被改成女劍士一樣震撼耶。另一方面，光之美少女有男生登場也應該予以肯定，凡事都要注重平衡喔。表與裏的平衡。」

表與裏。

裏中有表。

「這麼說來，《小魔女 DoReMi》記得也出現過男生的魔法師團體……女性假面騎士登場的時候，也造成不少話題。既然這樣，明年的戰隊英雄應該要討論一下，設定為六人組而且男女各半嗎？不過戰隊英雄與光之美少女加起來的男女比例應該已經平衡了。」

「石之森章太郎老師早就畫過《009-1》了。他是先驅喔。」

「《009-1》？」

這標題很像是後世作家半打趣畫出的搞笑作品……不過常盤莊真是一棟不得了的公寓（註7）。

「只要打開常盤莊成員的漫畫，幾乎在最後都一定會加上這段說明：『某些描寫對照現代的社會風俗並不適當，不過考慮到作品發表時的時代背景，收錄時不予變更。』」

「結論是如果要變更就不要針對過去，而是應該針對未來嗎？感覺和迪士尼公主的系譜有共通之處。」

註7　包括手塚治虫、藤子不二雄、石之森章太郎等許多漫畫大師入住的公寓，現已拆除。

「也可以說那是一段古老的美好時代。不過既然這樣，女性角色在少年雜誌袒胸露背的時代真的有那麼美好嗎？某些人應該會稱之為黑暗時代吧。」

大概因為現在是男生，小扇的比喻變得很露骨……這問題好難。對於「現在的表現手法變溫和了」的批判，如果提出「以前的表現方式是拙劣的ＣＧ」這種反駁，兩者之間很難稱得上平衡。

看得出不對稱性。

回顧我自己的經驗，過去與未來也未必對稱保持平衡吧……不用活六百歲也自然明白這是屬於連貫性的。

即使地表沒有連結在一起，天空也是相連的。

「畢竟男性角色的裸體，看在會被刺激的人們眼中還是很刺激……哈哈。男生可以裸露的這種說法也是一廂情願的歪理喔。以結論來說，關於飛車追逐時要不要繫安全帶的這個問題，只要改開沒有繫安全帶義務的老車就行了。這可以當成答案嗎？」

「不，拿這個當結論，我會很為難。」

這不算是答案喔。

而且我開的是走在新潮流尖端的新一代金龜車。

「按照你的邏輯，以前的腳踏車雙載場面，只要用坐墊與踏板各有兩組的協力腳踏車來重製就解決問題了。這樣會變成搞笑場面喔。」

「哎呀哎呀，那麼，我們兩人的自言自語就再進行一陣子吧。總歸來說，您的煩惱就是戰場原學姊與老倉學姊為了以前的事情不斷向您道歉吧？」

「咦？我說過了？」

「說過了。您說個性糟糕的兩大女主角聯手搭檔，為了洗刷過去的汙點而努力想要重製。」

我認為自己還沒說，就算說了也不會使用這種說法，不過既然小扇這麼說，那我應該說過了。居然把黑儀與老倉並列為兩大女主角，我也真是失言了。

比忍說的「通用名姑娘」還要過分。

「而且您在大學交到的唯一朋友也有類似的境遇。親愛的阿良良木學長似乎正在盡情歌頌大學生活，我這個做學弟的也與有榮焉喔。」

「當你說出『唯一朋友』這四個字的時間點，我就沒得歌頌了。而且現在我的女友與兒時玩伴，正因為莫名其妙的理由要和我絕交。」

真是絕望。

沒想到居然可能比高中生活還要落魄。

「先不提那位朋友的案例，以阿良良木學長的狀況，應該不到莫名其妙的程度吧。您內心肯定有充分的頭緒。」

「如果不是現在被這麼說就好了。假設她們兩人是以我搬到老倉隔壁為理由要求斷交，那我都可以接受，但她們是事到如今才翻舊帳啊？」

「不過也有某些犯罪不具時效性喔。」

「我被認定做了殺人級別的壞事嗎？」

「依照解釋而定。所以，如果戰場原學姊與老倉學姊，只是因為成為大學生之後擴展視野而對往事感到羞恥，那我覺得這種事不像您想像的那麼奇怪。您好像確信老倉學姊的謝罪攻勢是異常事態，不過依照曾經冒昧參與解決她那個事件的我來說，情緒不穩定的她即使回溯記憶做出古怪行為也不稀奇吧？」

「其實我也這麼想過。」

「即使您說她一邊道歉一邊當場用原子筆開腸剖肚，也在容許範圍之內。」

「這種兒時玩伴是要容許到什麼程度？」

不能許可也不能原諒喔。

只不過，我並不是沒有料想過這種最壞的結果。先前和日傘克莉絲蒂也聊到切腹之類的行為，這是從一個極端走到另一個極端的「謝罪」。

抵達的終點如果是會斷氣的終點就麻煩了。

「只是，阿良良木學長和那位唯一的朋友相較之下，雖然以順序來說相反，以狀況與時間點來說卻一致，這一點相當耐人尋味。我終於也想慢吞吞踏出腳步幫您這個忙了。」

「當年和我來往密切的那時候，你的行動速度比現在快得多吧？」

「因為我現在也不是全盛期了，好不容易才跟得上神原學妹的步調。只不過那一位也和昔日的您一樣即將畢業了。」

「說得也是。到時候得慶祝她畢業才行……那你接下來就去依附重考的日傘學妹吧。」

「那種類型的人沒有妖怪出場的餘地喔。無論要重考、就業，還是出外踏上浪跡天涯的旅程，她應該都會以她的方式走上自己的路吧。」

「你最後說的是羽川翼吧？」

是變成妖怪的那個傢伙吧？

那傢伙是從什麼東西畢業了？

「那麼，雖然不知道垂垂老矣如我能否解決阿良良木學長懷抱的煩惱，但我還是以歲月的歷練試著分析看看吧。」

「又是垂垂老矣，又是歲月的歷練，聽後輩這麼說也挺奇怪的。」

「依照行動迅速的阿良良木學長進行田野調查的成果來看，大約可以列舉出十三個可能性。」

「十三個？」

還真多。

而且這數字也不吉利。

「因為阿良良木學長已經預先到各處打聽調查各種情報了。不只是您那位朋友、戰場原學姊與老倉學姊，還包括小忍、您的妹妹們以及日傘學姊。多虧您的協助，可能性得以壓縮到這麼少。比起將女生整個扔給叔叔不管的那時候相比，您有所成長了。」

居然說我將女生整個扔給叔叔不管……

我與你叔叔在你心目中的形象也太差了。

「小扇，壓縮之後還有十三個也太多了。這杯綜合果汁的果肉還很大塊，再壓碎一點做成果昔，做得順口一點吧。如果你要稱讚我的成長，麻煩再稍微用力壓縮。例如去除比較低的可能性，或是把相似的可能性整合起來。」

十三個我實在記不住。

可以的話希望減少到個位數，減少到四捨五入會變成零的數字。

「您的大腦該不會在升上大學之後退化了吧？也才十三個，請背下來吧。」

「我原本就不擅長背誦科目，所以才會活用優勢報考數學系。」

「不過阿良良木學長後來和超級文組人的學生成為好朋友，可見您在其他領域的涉獵也不淺吧……我知道了。畢竟是阿良良木學長的請求，我就妥協一下，將可能性壓縮到五個吧。」

真的只是最小程度的妥協。

這孩子就是有這一面。明明對別人很強勢，卻不容許被別人踩到底線。

不說重點的這種話術，可說是從叔叔那裡傳承的。

好吧，我就放棄四捨五入吧。

「哈哈，回想起來，四捨五入這四個字也很有趣。『捨』的對義語為什麼是用『入』？這時候應該用『拾』吧？」

「這也是裏與表的不對稱性嗎？」

「表與裏——加害者與被害者的不對稱性是吧。真是耐人尋味。如果要我說實話，『裏中有表』的這種想法，讓我有種中招的感覺。身為裏側角色的我被唬得一愣一愣的。但您在大學結交到優秀的朋友真是太好了，這也是我的真心話。如果有人說我的內部有阿良良木學長，我不免也這麼認為。」

小扇說完攤開雙手聳肩。

也就是鬆手騎車。

在腳踏車雙載的這時候，我絕對不希望他這麼做。這輛車是BMX，感覺他會開始表演翹孤輪之類的特技，好恐怖。

「不過說起來，謝罪的一方與被謝罪的一方，也像是在進行一種不對稱的戰爭。

這是第一個可能性。」

「嗯？」

「所以說，可能性的①是不對稱戰爭。您和日傘學姊進行過這種思考實驗對吧？看到『謝罪攻勢』這種說法，就已經有種攻擊性的印象吧？」

啊啊。

「防禦是最大的攻擊」這個概念吧。

「在這種狀況，對於戰場原學姊與老倉學姊來說，攻擊阿良良木學長的這個行為很重要。重點在於『過度道歉』的這個攻擊手段，道歉的內容其實一點都不重要。謝罪內容愈是不講理，用在您身上反倒可能愈有效。因為不講理的論點沒有道理可循，所以無從駁倒。」

「而且我實際上也吃不消。」

就某種意義來說，比起被釘書機釘臉頰的那時候還要吃不消。雖說這是一種謝罪霸凌，但我甚至驚訝天底下居然有這種形式的家暴。

「但這始終有一個大前提，就是在調查這個異常事態的根源時，感受到兩人對您的攻擊性。她們兩位對於現狀的三角關係有所不滿，這應該沒錯吧？」

「沒有好到成為三角關係就是了……」

說起來，三角關係本身就不是好東西了。

命日子和帥男友的關係性，果然也沒有這種三方平衡嗎……考慮到那傢伙自由不受限的男女關係，即使有也不奇怪吧。

在這種狀況，我也可以認定命日子有錯在先，要是打從一開始就抗拒這種想法也不合理……

小扇還是老樣子，說得這麼討人厭。

「順便問一下，小扇，你是從可能性最高的假設依序發表嗎？」

「您猜得沒錯。不愧是學長，真懂我。所以可能性的②也正如您的猜想，是自罰傾向。」

「自罰傾向……」

「說成『自爆』或許比較精準吧。如前面所說，她們成為大學生之後擴展視野，想要悔改原本覺得不怎麼樣的昔日罪過。不是事到如今翻舊帳，而是終於察覺到那件往事不該被原諒。基於這層意思，這也是人性方面的成長吧。等到阿良良木學長再稍微成長一點，也會對妹妹們感到愧疚喔。」

小扇在最後指桑罵槐般這麼說。

但我猜不透他在指哪棵桑罵哪棵槐……如果他說的是妹妹們總有一天會理解我的愛情，那我還可以信服。

「哈哈，這也是加害者的說法喔。不過，如果阿良良木學長的妹妹們真的在老家拿起刀子切腹，您也一樣難以接受吧？」

「那當然……不過，從黑儀與老倉的傾向來看，感覺②的可能性比①高？」

「實際上是平分秋色喔。因為以我自己的評價，她們的自罰傾向以及阿良良木學長容易被憎恨的程度，就像是互抓兜襠布的力士一樣不相上下。」

他打的比方令我不敢領教。

在壓縮過的可能性之中，感覺也有這兩者複雜交錯的可能性。不過這也是令我不敢領教的一種組合。

「③自我犧牲。」

小扇繼續發表自己的論點……說不定差不多來到目的地附近了。既然是從比較高的可能性依序發表，應該不會把重頭戲安排在壓軸登場，所以進入後半之後稍微省略也無妨……而且說起來，要求四捨五入的就是我自己……不過他剛才說自我犧牲？

「阿良良木學長看起來完全忘記了，但我還記得千石小妹喔。昔日遇上任何事都以『對不起』解決的那個女生。」

「我並沒有忘記。」

啊啊……不過這麼說來確實如此。

後來化為蛇神的她，在我內心留下過於強烈的印象，所以有點忽略那孩子之前是什麼樣的個性。

聽小扇這麼說就想到，千石撫子是把「對不起」掛在嘴邊，凡事都主動道歉了事的女國中生。

「哈哈，那時候的千石小妹很可愛對吧？不過那份可愛如今完全消失，反倒可能是黑暗時代的黑歷史，令她想要重新為此道歉。」

不過，若問當時的千石是否只有可愛可言，老實說，站在被道歉的立場，很難給出適當的答案。

窮途末路的那種做法是自我犧牲？

確實，不提後來的對立，當時她的那種謝罪攻勢，應該不是為了要攻擊我，也不像是要處罰自己……

「這種謝罪不是目的，是手段。怎樣都好，反正就當成是自己的錯，只要能夠收場就好。就是這種負責任的處理方式。不對，是不負責任的處理方式。」

「不負責任的處理方式……」

「非常抱歉，這一切都是我的錯——就像這樣全面道歉，力求風波盡快平息的處事之道。日傘學姊將謝罪定位為儀式或是禮節，這種處世之道可說是濫用這種定位吧。」

雖然形容成「濫用」不太好，不過在吵架的時候，有一種戰略認為盡快讓步比較好。因為要是互不相讓堅稱自己才正確，那就會沒完沒了。

認輸的一方是贏家。

經常有人說道歉就輸了，不過這是藉由道歉取勝的逆轉手法。

「就算是自我犧牲，也不一定美麗吧。」

「因為這是放棄了關係性。是為了自己，為了自身的自我犧牲。是對自己獻上自己的身與心。就像是在宣布自己不打算和你好好談，等同於『會積極檢討』或是『會妥善處理』之類的推託之詞。清楚聽得到『我都在道歉了所以夠了吧有夠煩』的真心話。」

我不認為當年的千石邪惡到這種程度……不過對於怕生又懦弱的千石來說，謝罪無疑是用來強迫結束對話的手段吧。

藉由認錯讓別人無從挑錯。

如果道歉就能了事也太划算了，這種觀念確實是一種處世之道。女國中生不適合行使這種大人的處世之道。

「那個裝可愛的孩子真的有夠煩吧？」

「我可沒說她真的有夠煩。真的沒這麼說。也沒說她是裝可愛的孩子。終究不可能因為小扇你這麼說，我就會這麼說。我剛才說那時候的千石很可愛，這句話明明言猶在耳……你這傢伙真是的。所以，這次要是黑儀與老倉適用於這種可能性，會成為什麼狀況？她們並不是認為我有錯，也不認為她們自己有錯？」

「或許不是對錯的問題，是基於別的理由想斷絕這份關係性。和搬家也沒關係，這種事已經不重要了。可能是因為想專注於學業，想發展新的嗜好，喜歡上別的男生，或是討厭上別的兒時玩伴。」

「『討厭上別的兒時玩伴』是什麼狀況？到現在還有新角色要登場？」

不過，我和老倉的關係，就某方面來說是因為被她討厭才延續至今……或許是進入大學之後在人性方面有所成長，懶得繼續討厭我了。

膩了。對我這個人覺得膩了。

這種事或許有可能吧。

不過，終究不方便說出「我膩了」這種話，所以從櫃子深處拿出再怎麼想都無從反駁，肯定是自己有錯的往事，拿這段惡行當成藉口或理由來濫用……這個論點果然也能應用在命日子身上。

畢竟命日子這邊就某方面來說也是因為膩了……既然這樣，即使對方同樣覺得膩了也不奇怪吧。

「把自己當成錯誤的一方，藉以結束彼此的關係性，可說是在情侶身上很常見的貼心舉動。在這種狀況是由自己扮演錯誤的一方，或許算是加上①不對稱戰爭的組合技吧。」

「即使除去怪異現象，這個假設聽起來也能說明我的困境，超棒的。」
「我沒說這個事件沒牽扯到任何怪異奇譚喔。只看個別的案例就算了，同時發生複數案例的這種現象果然令我在意。基於這層意義，可能性偏低的④，在心情上是最有力的假設。」
「在心情上是最有力的假設？」
「④命令系統。」
小扇難得立刻回答。
「也就是被某人下令前來謝罪的案例。某些場合也要斟酌對方的心情，所以是廣義上的『命令』。您想想，剛才有提到切腹的話題，不過切腹基本上是別人下令的吧？不是自罰，是某人給予的懲罰。這麼一來，謝罪變得過度也是逼不得已。因為需要證明自己確實有道歉，應該說需要這樣的表演。」
「表演……」
「依照至今的考察來判斷，善良的阿良良木學長與日傘學姊好像都認為，無論謝罪是不是出自本意，都不是被第三方強迫做出的行為，不過打官司的時候也會進行『登報道歉』這樣的判決喔。無論怎麼想都是不情不願寫下的謝罪話語，或是依照老師指示進行的反省，這不都很常見嗎？」
我明白這一點，可是有誰能夠命令黑儀與老倉嗎……？以前是羽川肩負這個職責，這麼說來，當時也發生過「黑儀被羽川命令而不得已謝罪」這種大快人心的場面，不過在擔任班長的那時候就算了，現在（失蹤中）的那傢伙肯定不會這麼做。

「確實，即使再怎麼有人強調這麼做攸關名譽，切腹的人也大多不會是自願的，刑罰或是賠償責任也不是所有人都心甘情願接受。但如果是命令系統……」

「是的，命令形與命令系統。在這裡登場的或許是某種怪異。或者說，雖然不可能是千石小妹，卻可能是某種詛咒。」

「詛咒……」

「如前面所說，我自己在這次的紙上談兵，始終沒有高估這種可能性，不過這種怪異也確實存在喔。不對，應該說是不確實的存在喔。」

奇怪又異常——如妖似魔。

小扇轉過頭來，像是扭曲九十度，強行和後方的我四目相對——像是會吸入一切的黑暗雙眼和我相對。這應該也是騎車沒注意前方的違法行為吧。

專家的侄子開口了。

「妖魔令（註8）——另一個名字是妖魔靈。」

他直截了當這麼說。

註8　「妖魔令」標記的日文發音和「道歉」的命令形音近。

「……像是雙關語玩笑話的這傢伙，就是我這次的敵人嗎？」

「不不不，這個怪物可完全不是開玩笑的。」

依照狀況，甚至連吸血鬼都無能為敵。

018

「給我道歉。」

019

小扇故弄玄虛的這時候，他的ＢＭＸ已經抵達目的地附近，所以別說⑤的可能性，即使是④命令系統的主體，也就是「妖魔令」這個怪異的詳細情報，我也來不及打聽。我很想抱怨現在這樣絕對不可能清查十三個可能性，但是這種不上不下的結果，想必也是按照小扇的計畫進行吧。

真有你的。

而且這個目的地也令我意外，想到這孩子居然要我一同前來這種地方，我真的恨得牙癢癢的。既然被帶到這裡，我也不能僵持下去，一定得灑脫地……應該說垂頭喪氣地撤退。

抵達的目的地是千石家。

千石撫子的家。

「小扇，你居然要我共乘腳踏車來到這種地方……個性惡劣也要有個限度。你剛才加入千石的對不起往事原來是伏筆？你沒受到教訓又跑來挑釁千石？」

「真是的，居然說挑釁。我反倒是抱著贖罪的心情過來喔。因為去年對她做得太過火，我也有反省到某個程度喔。哈哈，這也算是一種謝罪吧。」

小扇高聲這麼說。

「這是以態度表現的謝罪。只不過，千石小妹應該不在意我闖的禍吧。阿良良木學長，請安心。我的目的地確實是這裡，也就是千石小妹的老家，不過那孩子已經離開這個家了。」

「離開這個家？她又離家出走……？」

聽到這個情報，我要怎麼安心？

內心只有不安。

「不是離家出走，而是脫皮蛻變吧。因為她是『前』蛇神。」

我聽不懂小扇在說什麼，不過對我來說，即使千石不在，我也不想在千石家周圍徘徊。因為實際上我被下達禁止接近的命令。

面對故弄玄虛賣關子的小扇，我原本想再稍微纏著他打聽情報，不過這時候走為上策，我只能倉皇撤退。或許該說幸好，或者說是命運的惡作劇，千石從小學時代就和我妹妹是朋友，所以說來理所當然，千石家與阿良良木家處於徒步可及的範圍。我在這裡下車也能走回家。考慮到小扇的個性，他即使將我扔在山上也不奇怪，所以只看這一點的話，我可以說是得救了。我的雙腳在汽車社會嬌生慣養之後變得非常遲鈍，已經沒辦法走遠路了。

「哈哈，吸血鬼的腳根本不可能變遲鈍吧？」

「我也是『前』吸血鬼喔，小扇……就算這樣，我還是逃得掉就是了。不過小扇，你來到沒有千石的千石家有什麼事？應該不是來拜會她的父母吧？」

「要拜會的話，照道理應該是曆哥哥先吧？」

「不准開玩笑。」

「我是接受正式的委託，要來拿走忘在衣櫃裡的東西。這是千石小妹本人的委託……她自己好像也不太想接近這老家，所以我就雀屏中選——不對，應該說蛇屏中選了。詳情請閱讀本書的第二篇。」

「不准請讀者閱讀什麼第二篇。」

看來年輕人們各自過得很愜意，真是太好了。神原如此，日傘如此，小扇與千石也是如此。這座城鎮已經不是我的時代了，我著實體會到這一點。

不過我的時代原本就沒出現過。

我感受著舒適的疏離感，和小扇道別之後回到自家……背後傳來響亮的玻璃破碎聲，但我假裝沒聽到。雖然像是身穿立領學生服的無賴撿起路邊石頭打破客廳大窗的破壞聲，不過「來拿走忘在衣櫃裡的東西」這種和平的委託，當然不可能引發這種現象。

話說回來，剛才提到現在不是我的時代，不過我回到老家發現自己的房間沒了，令我受到不少打擊。說得清楚一點，直到數個月前還是我房間的那個空間被妹妹占據了……大概是分配到的單人房無法滿足，妹妹就像是等待我搬出去住已久般擴大領土……會占據我房間的妹妹當然不是大隻的，是小隻的那一個。

所以，我就算回到老家也沒有自己的容身處，但因為現在時間很晚了，所以只能在客廳沙發或是走廊地板之類的無人空間睡覺。我並沒有因為是新手駕駛就不擅長在夜間開車（我的視力在晚上反而更好），所以也可以回到公寓，不過我這趟返鄉還要去一個地方。

無論有沒有容身處，既然回到這座城鎮，我就不能沒見到那傢伙就回去，也不能沒去那裡參拜就回去……所以在隔天清晨，我假裝要在早餐前外出散步，朝著北白蛇神社前進。

順帶一提，我昨天是在以前的自己房間，也就是現在的妹妹房間裡，和妹妹一起睡在妹妹的床上……我很清楚就是因為自己會做這種事才會被忍酸言酸語，然而習慣是第二天性。

「少囉嗦，汝去吃牢飯吧。」

雖然也聽到這樣的聲音，但我大清早就以遲鈍到不行的雙腿，沿著絕對不算平坦的山路一步步往上爬，順利抵達山頂的神社。

由於是清晨，所以境內空無一人……冷清到令人擔心的程度。相較於我第一次造訪這裡時的廢棄神社狀態，北白蛇神社已經氣派改建，應該說已經亮晶晶地重新落成，但也因為這樣，所以一旦沒有人煙，就有一種完全不同於廢棄神社的恐怖。

這麼說來，我前來進行新年參拜的時候，也沒看到其他人來參拜……這間神社有好好經營嗎？

拜託千萬不要再度成為怪異的熱門地點。

好啦，畢竟我也想問一下這方面的事，就把上次因為有情侶談分手把氣氛搞得很差所以沒靠近也沒出現的神明叫出來吧……我從口袋取出預先準備的十八枚十圓硬幣、一枚五圓硬幣以及四枚一圓硬幣，合計是八十九圓。

我在香油錢箱前面猶豫是否要投入這八十九圓。為了請出繼蛇神之後成為這座神社的新神明，也就是蝸牛之神——八九寺真宵，這是自古以來傳承至今一定要進行的儀式。

「不，請不要擅自在我的神社創造儀式。八十九圓這種小錢請毫不猶豫投進去吧。說什麼自古以來，我就任至今還不到一年喔，可良良不哥哥。」

「久違重逢，而且神明還口誤說錯我的名字，我備感光榮，不過八九寺，就算這樣也不准把我的姓氏說得像是大學的成績單。我的姓氏是阿良良木。」

「說得也是。阿良良木哥哥的成績單應該是不不不不才對。」

「不准咒我留級。」

這次一下子就出現了。

而且是從香油錢箱的後面……嚴格來說還沒出現，依然躲在香油錢箱暗處，但是招牌特徵的雙馬尾若隱若現。藏頭不藏髮的神明……像這樣蹲在那種地方，別說妳是神明，甚至還像是香油錢小偷。而且妳現在是便服模式，看起來像是背著香油錢箱而不是背包。

「抱歉，我口誤。」

「不對，妳是故意的……」

「我狗誤。」

「還說不是故意的！」

這次是完整版？

等一下，正確的完整版是怎麼說的？反倒是我不記得了。

「這是沒辦法的，任何人都會犯下口誤這樣的過錯。還是說阿良良木哥哥，您敢說自己這輩子至今從來沒口誤嗎？」

「咦……呃～～？我當然不會說自己沒口誤過，卻不會口誤得這麼怪啊？」

「那麼請跟我一起說，斜喵十喵度的喵列喵喵馬喵叫把喵百喵十喵托車喵臺喵喵地排成喵列喵望遠方。」

「妳也沒記得很清楚吧？」

妳混淆了喔，這是我和另一個角色的對話。

不過，看她健在真是太好了……新年參拜的那時候沒見到面，所以我擔心這次或許也會這樣（沒預先知會又漫無計畫是我的壞毛病，可是對方是神明的話要怎麼預先知會？寫在繪馬嗎？），看來是我白擔心了。不過八九寺為什麼抱著雙腳蹲坐在香油錢箱後面就不得而知了。

「沒有啦，有鑑於阿良良木哥哥這次前來的用意，我覺得像這樣不打照面的形式可能比較好。」

「嗯？我的來意？我反倒只是要來和妳打個照面……」

「又來了。阿良良木哥哥每次來找我，不都是因為遇到無法處理的棘手事件嗎？」

妳別把自己定位成這種在關鍵時刻值得依賴的幹練角色好嗎？如果真的是這種角色，新年參拜那時候就該露臉吧？妳現在不也躲起來沒現身嗎？

「您猜得沒錯，其實是扇哥哥拜託我的。他說阿良良木學長好像有煩惱，要我聽聽您怎麼說。」

「咦？小扇來過了？」

「是的，在夜晚混入黑暗前來。」

正如字面的意思，這傢伙在暗中真是活躍。不愧是本集書名的人物。

所以那孩子進入千石家偷走……更正，拿走千石忘記的東西之後，主動來了北白蛇神社一趟嗎？而且是搶在我前面……真是的，這種看透一切的舉動，和他的叔叔一模一樣。

與其這麼做，乾脆直接來阿良良木家不就好了？我難免這麼心想，不過包括這種拐彎抹角的暗中支援，也和他的叔叔一模一樣。

「不，他好像去過阿良良木家一次。原本想從二樓的窗戶入侵，但是看到阿良良木哥哥和月火姊姊同床共眠，他一整個傻眼然後掉頭走人。」

「我的天啊，這下子敗給他一次了。」

「不准說什麼『我的天啊』。也不准改說『我的地啊』。」

八九寺巧妙回嘴，然後說「所以阿良良木哥哥，發生了什麼事？」催促我。

「如果不介意告訴我，我就聽你說吧？」

「不准在這時候模仿原小姐說話。怎麼回事，妳從小扇那裡聽到多少？八九寺，妳知道什麼？」

「我一無所知喔，知道的是您才對，阿良良木哥哥。」

「居然連續模仿……」

「從主旨來說，這個場面應該再恰當不過吧？」

「嗯？啊啊……」

雖然一瞬間聽不懂她在說什麼，不過，原來如此。

我一直疑惑她為什麼蹲在暗處不出來露臉，原來是把香油錢箱當成懺悔用的告解室。雖然宗教不一樣就是了……懺悔。

若是這樣，她進入香油錢箱會比較好懂。背著告解室散步的少女，總覺得像是另一種怪異。

「好啦，阿良良木哥哥，您不是有某些非得向我道歉的事情嗎？請進行罪惡的告白吧。」

「呼呼，愛情的告白就算了，我可沒有罪惡的告白喔。在至今的人生，我沒做任何丟人現眼的事。我現在沒道理低頭懺悔，因為會降低靈魂價值。」

「阿良良木哥哥硬是把我從地獄拖回來，害我必須半永久在這座神社盡到應盡的職責耶。」

「現在居然說這個？」

嚇我一跳！

我滿腦子以為八九寺會指責我以前只要發現她走在路上，就會從背後抱好抱滿的那些往事，她卻說出這種嚴肅的事！

說出一點都不是玩笑話的這種事！

「沒什麼嚴肅不嚴肅的，阿良良木哥哥明明害得我束縛在這座山上嘎嚓嘎嚓無法掙脫，您這位當事人卻離鄉背井上京（註9），仔細想想就覺得很奇怪。」

「不不不，雖然話是這麼說……」

說得像是咔嚓咔嚓山那樣也沒用吧。

八九寺在新年參拜那時候沒露面，我一直自以為是認定原因在於我與黑儀的氣氛很尷尬，原來她只是在氣我上京？

居然說「上京」，但我沒有遠征到東京都就是了。

「說得也是。您去的是小京都（註10）。」

註9　在古代的意思是離開家鄉前往當時的首都京都，現代則是泛指前往東京。

註10　日本各地只要是古老街景與風情近似京都的地點，都暱稱為小京都。

「這樣變成以京都當標準了……不過八九寺，關於這件事，我記得向妳好好說明過吧……？」

好好說明過。

應該說好好道歉過。

「是的，不過我的心態也會轉變吧？」

「心態轉變？」

「雖然那時候原諒了，不過現在回想起來，果然還是無法原諒，重新對於這件事感到生氣，應該說想要給予天譴。認為道歉一次就能了事的這種想法，就證明您沒在反省。」

「說得真恐怖。」

八九寺說要給我天譴，是因為我從地獄把她拖回來吧，不過聽她這麼說就覺得過於露骨，應該說得不償失……

啊啊，原來如此。

關於黑儀與老倉的事，我一直心想「為什麼到了現在還重提這件事？」，不過要是把被害者與加害者的立場反轉，就會變成這種狀況。

即使以為自己已經獲得原諒，或者是以為自己根本是清白的，過了一段時間之後，狀況還是可能會改變。畢竟我把八九寺從地獄抓回來的時候，並不是已經縝密擬定了將來離鄉背井的計畫。

「哎，就是這種程度的問題喔。」

「唔……這種程度？不不不，這是相當嚴重的問題喔。說起來，我和千石之間的問題也只是看起來已經解決……」

「抱歉，我口誤。我想說的是『就是這種的程度問題喔』。」

「意思完全不一樣吧？」

「我舉個比較好懂的例子吧，比方說阿良良木哥哥敬愛的羽川姊姊，也因為認識阿良良木哥哥，導致人生朝著莫名其妙的方向偏移吧？因為這位優等生中的優等生，班長中的班長，不知為何就這麼放棄升學了。原本吊車尾的阿良良木哥哥，明明就這麼悠哉過著大學生活，明明還上京了。」

拿我前往小京都的上京話題深入追究這件事，這根本不是舉例吧……總之，我可以理解她想說什麼，而且這一點是我的要害，是痛處。

而且羽川現在下落不明。

反正肯定總有一天會收到那傢伙的明信片，所以我不擔心現在的她，不過基於這層意義，我開始覺得必須正式謝罪比較好。無論羽川自己怎麼想，我也單方面覺得對不起她——妖魔令。

「知道了。八九寺，我錯了。沒有事先討論就把妳從地獄帶回來，這是我的任性。我完全沒找妳商量就離開這座城鎮，我也覺得對不起妳。」

「事到如今聽您道歉也……」

「咦？是這樣回應嗎？」

明明是妳事到如今翻舊帳的啊？

我很想這麼說，不過我現在是加害者的立場，面對控訴被害的她，不方便這樣吐槽……

「所以才說是程度問題喔，阿良良木哥哥。實際上，如果阿良良木哥哥像是搗米蝗蟲（註11）一樣頻頻低頭向羽川姊姊賠不是，外貌協會的羽川姊姊應該只會驚慌失措（註12）吧。肯定以為遭遇了天大蝗災。因為是蝗蟲。」

「她或許真的會遭遇蝗災，所以這個比喻很難笑。」

先前在神原家和日傘聊到想要的祕密道具，當時我聯想到的道具反而應該是道歉蝗蟲嗎……先不提八九寺為了玩文字遊戲而把羽川說成外貌協會，以小扇的分類來說，應該是②自罰傾向嗎？無視於對方的想法，總之為了消除自己內心的歉意，拚命向羽川道歉……雖然客觀來看很丟臉，但我這個當事人或許認為這樣才夠誠意吧。

註11　中文名為中華劍角蝗，抓住後腿會像是搗米槌一樣頻頻點頭，故得其名。

註12　日文「外貌協會」與「驚慌失措」音近。

明知謝罪會讓對方傷得更深，也不得不謝罪。

「所以才需要告解室吧。不是向當事人，是向神明道歉。阿良良木哥哥，請放心，我會原諒您的罪。」

「真是寬容。」

明明是妳自己重提這件事。

這麼說來，我在懷念的考大學時期學過一個知識，「惡人正機」的想法記得是出自淨土真宗？「善人尚且往生，況惡人耶？」——從我這種修行不夠的善人來看，就某方面來說難以接受這個說法，不過這應該也是程度問題吧。

「我會原諒您的罪，所以首先請將您至今以非法行為賺取的所有財產放進這個香油錢箱吧，這麼一來都會成為淨財。」

「妳這是惡質宗教。」

這我也笑不出來。因為戰場原家就是被這種惡質宗教搾乾所有財產。原本富裕的家庭破碎，不只是失去母親，黑儀自己也……雖然不知道她怎麼想，但這應該不是可以原諒的事，真的是非法行為。

不只如此，記得當時總共是五個騙徒。

假設，萬一，這些加害者們就算前來道歉……也只會成為新的加害行為吧。以謝罪為名的二次被害。即使自以為是②自罰傾向或是③自我犧牲，事實上也像是①

不對稱戰爭。

總之，以實際狀況來說，加害者們的謝罪，只要法院沒有強制要求，應該不會無止盡持續下去，所以會是④命令系統吧。

「……這麼說來，八九寺，妳有從小扇口中聽到⑤是什麼嗎？此外，『妖魔令』是什麼樣的怪異？如果妳聽他說過，我就省得去大學圖書館調查了。」

「哎呀哎呀，明明只要說『圖書館』就好，卻刻意說是『大學圖書館』，阿良良木也完全是學歷社會的俘虜了。不是吸血鬼，而是成為天狗（註13）。」

「說得這麼討人厭……居然說得像是小扇一樣討人厭……」

「我有聽到喔，兩句都聽到了。」

小扇那傢伙，沒透露給我的事情，卻一五一十告訴八九寺……何況你們交情這麼好也很奇怪吧？雖然真的不是要重提往事，不過八九寺當時下地獄，記得小扇也要負很大的責任……

「扇哥哥可以喔。但是阿良良木哥哥不可以。」

明明剛才肯定原諒我了，卻又這樣亂說話……雖然看似如此，不過這也是一種真理吧。

註13　日本的妖怪，引申為高傲自負的意思。

是真理，也可以說是心理——程度問題。

日傘也說過，到頭來，原諒的是人，被原諒的也是人，道歉與被道歉的都是人。基準依照對象而改變的這種做法或許違反法律精神，不過法律也有酌情考量的餘地吧。畢竟甚至還有「觀感不佳」之類的常用句。

如果像我這樣被釘書機釘臉頰，也不是任何人都願意原諒吧。

「說得也是。戰場原姊姊之所以被原諒，只因為她是深閨大小姐罷了。」

「並不是。」

「不過，如果是身高兩公尺、體重超過兩百公斤的強壯粗魯橄欖球健將用釘書機釘您的臉頰，阿良良木哥哥會原諒嗎？」

「這種狀況，我反而只能原諒喔……」

感覺會擠出一個奇怪的親切笑容原諒他。

不過既然這麼說，那麼戰場原黑儀在年初提到的各種昔日行徑，一般來說確實都是必須正式謝罪的暴行……即使如此，我為什麼還是願意原諒？雖然我不想這麼說，但我只能說這是因為愛。若問我是否敢說自己連她的暴行都愛，這當然就另當別論。

「阿良良木哥哥居然說到『愛』，大學真的教您各種事情耶。」

「我的『愛』並不是在大學學的。主要是從幼女學的。」

「這是一大問題……不過，就是這個喔。」

「唔……妳說幼女怎麼了？」

「我不是說幼女，是說『愛』。」

八九寺稍微停頓之後這麼說。

「⑤試探行動。」

「……試探行動？」

啊啊，謝罪的第五個可能性嗎？這四個字和前面說的接不太上，所以我一時沒聽懂……不過「試探行動」應該不是我第一次聽到的詞吧？不是考大學看過的知識……我想想……好像是育兒相關？

「是的，不愧是虐待兒童的專家。」

「這張標籤撕不掉嗎？」

是用在機密文件封緘的那種貼紙嗎？

既然這樣，那我希望老倉不是為以前犯的錯謝罪，而是為現在做的這件事謝罪。到頭來，我也會原諒這件事吧……我的天啊，說到「試探行動」，老倉與黑儀的所作所為可說正是如此。

「我們剛認識的時候，我經常輕咬阿良良木哥哥，這也是淺顯易懂的試探行動對吧？」

「不對，不是這樣。那不是輕咬，是真咬。妳當時想咬斷我的手指。」

這場戰鬥我也完全忘記了，不過現在回想起來，我甚至希望她道歉……關於當時那一咬，真的完全不是我的錯吧？

心態是會改變的嗎……

畢竟法律都會改變了……也就是修法。

「換句話說，是想要得到原諒而道歉嗎？這種說法聽起來理所當然，不過對方是故意做壞事，耍任性，藉由得到原諒來實際感受自己被愛的事實……」

「如果這麼想，拿出很久以前的過錯進行不切實際的謝罪也不無道理吧？拿出反正應該會被原諒，現在說出來也只能原諒的事情道歉，果然只是為了得到原諒吧。這是把『得到原諒』當成一種娛樂，一種快樂。」

想到對方內心想要試探愛情的這份真摯，形容為「娛樂」或是「快樂」明顯開玩笑過頭了。這是拿別人當靠山的一種自我承認、自我實現的行為。

套用在帥男友的案例，他明知這不是夜襲，至少命日子並不這麼認為，卻進行這麼明顯的謝罪，說穿了是結果已定的一場假比賽，也可以說是在等命日子回以「只是在相親相愛」這個答覆。

愛情的再度確認。

這樣的話，到頭來，這種試探行動導致命日子的芳心確定遠離了帥男友，這件事說來諷刺，也是理所當然的結果……但是沒有任何人喜歡被試探。即使深愛對方，要是對方一直重複這種行動，總有一天會覺得厭煩吧。

我肯定也不例外。

如果戰場原黑儀總是扮演揮動釘書機的謾罵角色，我無從保證不會在哪一天冒出「鬧夠了吧，我無法繼續和妳來往了」這種念頭。

因為我不是聖人君子，反而是怪力亂神。

「也就是說，想得到原諒的慾望就是這麼強烈。不過請放心，即使是這種慾望，我八九神也還是原諒吧。」

「神明的感覺太強烈，變得像是惡魔的呢喃了。」

「所以阿良良木哥哥，請原諒惡魔般的我吧。」

「這是共依存的症狀……」

若有人說原諒也是一種娛樂或快樂，那麼確實如此吧……表現出寬宏大量的模樣很痛快，這一點也難以否定。藉由原諒來取得心理上的優勢，或許也是①不對稱戰爭……在情侶的家暴案件，經常聽到凶狠施暴的一方在事後哭著道歉，想必也是這方面的心態變得一團亂吧。

如果因而導致案件看起來像是情侶打情罵俏就是一大問題，而且命日子與帥男友面臨的糾紛，更是和這些案例截然不同。

在這裡回顧名偵探小扇提出的假說吧。

①不對稱戰爭②自罰傾向③自我犧牲

④命令系統⑤試探行動

就是以上五種。嗯……

雖說小扇推測可能性比較低，但我的主要著眼點是怪異造成的④……就算這樣，即使其中摻雜別的要素也不奇怪，所以應該不會成為單選題……畢竟戰場原黑儀、老倉育與帥男友這三人的案例沒有特別明顯的共通點。

也就是欠缺了重要環節。

「這種病例，應該不是只限於您現在提到的三位吧？幸好包括我在內，這座城鎮的居民好像沒出現這種傾向，不過在大學內部，這種謝罪症狀或許出乎意料已經在各處蔓延喔。曲直瀨大學可能會變成去道歉大學……」

「難得聽妳文字遊戲玩得這麼差……不准拿別人大學的校名搞到冷場。」

「這也是例子之一。即使故意說這種無聊的冷笑話，您還是會苦笑原諒，我想藉此重新確認自己的價值。」

明明只是在耍冷，不要硬是當成例子之一好嗎？

雖然這麼說，不過無聊的雙關語或是偏激的諷刺笑話，就某方面來說肯定也是一種試探行動……關於謾罵，剛才就已經提過，黑儀昔日動不動就掛在嘴邊，像是裝傻搞笑的那種機智回應，也是例子之一嗎？

「總覺得好討厭。真的很討厭。說穿了，明明只是一句『對不起』，卻得熱烈仔細討論這種像是心理分析的理論，感覺像是吹毛求疵到分子層級的程度。」

「如果害您這麼想，就是我能力不足了。這樣道歉應該是③自我犧牲？如果是扇哥哥，肯定會更巧妙說明其中的奧妙吧。」

「不准對小扇展現這種奇妙的信賴。」

關於⑤試探行動，我覺得小扇應該會以更討人厭的方式說明。或許正因為他自己也明白這一點，才會調整腳踏車的速度，委由八九寺負責說明。

「那麼，說到可能性最高的④命令系統，『妖魔令』是什麼樣的怪異，差不多可以告訴我了吧？畢竟我也差不多必須出發了。」

「必須出發？哎呀哎呀，您要從哪裡離開，出發前往哪裡？」

「離開這座城鎮，出發前往大學……」

妳不要逼我說出來好嗎？

這是卑鄙的誘導性提問。

「怎麼回事，妳沒聽小扇說明怪異的性質嗎？」

「不不不，我有聽。不過，扇哥哥沒說④的可能性最高。」

這我明白，但是以我的立場來說，這樣我會很困擾……保留至今的分手協議將會成立。

即使可能性不是最高，致命性也是最高的。

所以，我必須逐步推動話題進行。

「擅自設定可能性最高的選項是賭博的大忌。」

「閉嘴，我全押④了。『妖魔令』是哪種動物的怪異？是螃蟹？是蝸牛？是猿猴……是蛇？是貓？還是蜜蜂？或是杜鵑……」

「『妖魔令』不是動物，甚至不是生物。」

「唔……所以是吸血鬼？或是屍體？」

如果是這種蠻力型怪異，反倒有辦法對付……但因為不是這樣，所以我才會像這樣回到家鄉，一直忍受妳的酸言酸語。

「老實說，我聽扇哥哥捎來口信之前，就知道『妖魔令』的事。臥煙姊姊訓練我成為神明的時候，就當成課程的一部分告訴我了。」

「是嗎？所以是神明型的某種怪異？」

如果是這樣就棘手了。

不過也有一種想法認為所有怪異都是神。

「在阿良良木哥哥經歷的怪異奇譚之中，最為相近的不是鬼也不是屍體，更不是神，應該是『闇』。」

「『闇』……」

「所以阿良良木哥哥這趟來找扇哥哥，比您想像的更接近正確答案喔……滿分一百分的話就是一百二十分。不過從某些角度來看，這個怪異可能比『闇』還要惡質。」

小扇確實這麼說過。

連鬼都無法抗衡——

「『妖魔令』是令。正如字面所述是命令，是法令。」

「法令？」

「沒錯，例如德政令或是生類憐憫令，就是這樣的令。」

基於「沒有實體」的意義來說，等同於幽靈。

是束縛近代法治國家的共同幻想。

020

「——如果被某人命令，像我這樣不成材的人，也可以率直謝罪嗎？

如果被強制，我也可以發自內心，或者是無可奈何，不情不願地，灑脫地道歉嗎？

原諒的時候需要原諒的藉口，同樣的，為了道歉也想要道歉的藉口。不只是我，個性乖僻的人們應該都是由衷這麼想吧。

以將棋的棋士來說，他們與她們沒有棋步可下的時候，必須主動說出投降的話語。這並不是因為棋士這種生物都很率直或灑脫，是因為比賽這麼規定。

因為法條設定得很完善。

所以，即使不甘心到身體扭曲，即使其實完全不想認輸，即使無法接受眼前的實力差距，即使隱約覺得『肯定還有機會』，還是可以棄子投降。

即使認輸，還是可以自己原諒自己。

可以認定自己心態上沒輸，不過規定是這麼寫的所以沒辦法。

或許可以說是調停吧。即使是難以通融的習俗，只要這樣明確規定就易於遵守。

即使有人說，要不要道歉應該由自己做決定，不過某些人在自己做決定的時候會傾向於不道歉，對於這種人來說，還是想要道歉的契機。

知道應該要道歉比較好，只是不知道正確的道歉方式。

坦白說，不只是『不想道歉』這種心態，也包括了『一旦道歉就完了吧』這種強迫觀念。

雖然自己不知道是怎麼回事，卻有種一旦道歉就會失去重要事物的預感。是尊嚴嗎？還是矜持？感覺喪失的是更重要的事物。

如果說得奇怪一點，是的，就像是會失去信賴。只要說聲抱歉，或許可以克服當下的狀況，卻難免覺得會種下將來的禍根。

為了克服就必須蟄伏。

實際上明明相反，要是現在沒道歉，錯過道歉的時機，就會後悔一輩子。就像我如今再也無法為了昔日的謾罵向母親道歉。

那時候如果有人嚴厲規勸我『去向妳的母親道歉』，不知道該有多好。

不對，不是有人。如果有這種法治的精神，不知道會成為多大的救贖。

至少我母親會得救。我也會得救。

謝罪不應該是被強迫的。

非自願的謝罪毫無意義。話是這麼說，不過如果是非對錯是由法律來定義，那麼依照罪刑法定原則，應該也要由法律提出解決之道吧。」

021

就這樣，我在家鄉享受了一場毫無預告的旅行，不過主動與被動之間的明顯差異，不只適用於加害與被害的二分法。開車回到曲直瀨大學的我，突如其然被沒有預先約好的人物搭話，沒基於自身意願就出乎預料停下腳步，因而體認到這是多麼令人困擾的行為。

只不過，雖然確實是突如其然，說成出乎預料或許不太對……也很難說是違反自身意願。畢竟只要持續主動進行關於謝罪的調查，我遲早必須和對方見面，即使不去見面，對方應該也會來見我——是的，為了道歉。

「阿良良木先生？方便借點時間嗎？」

是一名很帥氣的男性。

不，應該說是一名「原本」很帥氣的男性？

我猜大概直到不久之前，應該說直到短短幾天之前，他都是外表俊俏迷人的美少年，但是現在頭髮蓬亂，黑眼圈的雙眼凹陷，臉頰憔悴消瘦，甚至留著滿臉鬍碴……身上的打扮也是，雖然不知道是否可以稱為打扮，不過他穿的衣服和睡衣沒有兩樣。

看起來還以為他是走祕密的地下洞窟來到大學……我甚至覺得住在漏雨廢墟的那個夏威夷衫大叔比他整潔。

「我想道歉——為了食飼小姐的事情道歉。」

「…………」

換句話說這名美少年，這名前美少年，就是命日子說的帥男友……他已經向社團研究社的所有人道過歉，所以終於找上完全是局外人的我。看來他確實把我視為命日子的朋友，真是太好了。這證明我並非單方面認定命日子是朋友。

當事人。

加害者。

雖說我做好他遲早會來找我的心理準備，不過看到他主動前來，我還是明顯有種失去先機的感覺……為求謹慎，我原本計畫在放學之後前往大學圖書館查資料求證，如今卻覺得這個計畫溫吞到令人傻眼至極。

依照命日子的說法，他肯定是比我大一屆的學長，不過如果他沒這麼憔悴並且刮掉鬍碴，我覺得會是帶點稚氣的大學生……雖然看起來實在不像是會夜襲的人，但是原來如此，命日子喜歡這種類型。

年紀看起來感覺沒比我大……

這麼說來，輕音社也都是娃娃臉。

身為虐待兒童的專家，這種傾向有點令人擔心，總之先不提這個……這時候該怎麼應對才是正確答案？

①你是誰？

②你說的食飼小姐是誰？

③你說的阿良良木先生是誰？

「你說的阿良良木先生是誰？」

我選擇的選項是③，不過對方好像預先調查過，沒把我說的話聽進去。

「沒關係的，我明白，阿良良木先生，你不想和我這種人說話對吧？」

他這麼回答，而且無視於旁人的目光。

「對不起，阿良良木先生！我傷害了你重要的摯友！拜託，揍我吧！希望你揍我一頓！」

他說完猛然低頭——像是要一頭撞過來般猛然低頭。

形容為「摯友」是吧。

「不用手下留情也沒關係！不然乾脆掐死我吧！遺書我寫好了，你不會被問罪！」

會吧？無論你寫下什麼樣的遺書都一樣。

慢著，現在可不是拿出刑法爭辯的場面……不知道是否該說幸好，多虧先前和八九寺意外聊太久，我順利遲到沒趕上大學的課，所以現在周圍沒什麼人……不過憔悴不已的學長低頭向我道歉，這幅光景實在令我感到難為情。

這是羞恥刑……

「總……總之先換個地方吧？那個……」

這麼說來，我沒問他的姓名。

「我沒有姓名。無論是父母的姓氏還是父母為我取的名字，我都已經沒有資格說出口了。如果一定要稱呼的話就叫我『垃圾』吧。」

「……哈哈。」

原來如此，真是做作。

戰場原黑儀也曾經要我叫她「伊比利豬」……不過，這個人看起來不像是在開玩笑……汙濁的雙眼發出強烈的光輝——發出妖異的光芒。

妖魔令。

「我也曾經被叫做『垃圾』，而且是女友叫的。很有趣吧？」

一邊緩和場中氣氛，一邊準備離開的我，被帥男友緊緊抓住手腕……握力大到我以為會被他扭斷手。

「逃不掉的。直到你願意接受我的謝罪——直到你願意揍我。直到你願意打斷我的骨頭，打碎我的頭蓋骨。」

帥男友就這麼低著頭揚起視線瞪向我——目不轉睛瞪著我。姑且強調一下，我好歹是前吸血鬼，所以只要用力還是可以掙脫，他卻有著不容許我這麼做的魄力。

如果這是①不對稱戰爭，那我現在相當屈居劣勢。先不提頭蓋骨，看來這時候只能由我讓步。

「……OK，OK，那就在這裡說吧，彼此好好談一談吧。」

像是安撫般這麼說的我，迅速將前吸血鬼的能力發揮得淋漓盡致，架設結界避免周圍干涉，這麼一來就不會受到任何妨礙……我很想這麼說，只可惜我現在是渣滓，這種能力一點都不剩。

我能做的只有打腫臉充胖子。

說起來，我也沒看過忍架設結界。畢竟那傢伙完全不在乎旁人的目光。因為是王。

難度就像這樣三級跳了。

我必須一邊在意周圍的目光，一邊面對命日子的「加害者」帥男友，在不刺激他的狀況下完成偵訊調查……只不過，這件事到底會如何進展？

就我所見，帥男友洋溢著落魄的氣息，看起來卻沒有被人施暴的痕跡……沒有OK繃、繃帶、瘀青或腫包。所以他對所有社團同伴都說過相同的話，卻依然沒有任何人揍他嗎……不無可能。

在這種狀況，到底有誰下得了手？

有誰敢朝著他的頭蓋骨動手？

感覺他也是故意在公共場合像是演戲般謝罪……說得直接一點，他之所以堅持留在這裡不肯移動，也可能是避免自己真的被帶去四下無人的地方毆打。

他的服裝儀容反倒像是「整理」過的……刻意把頭髮弄亂，化上憔悴熊貓眼的特效妝，任憑鬍子生長……表現出別人最不忍心動手毆打的視覺效果。

這是臆測嗎？

總之，如果是以前的戰場原黑儀應該會大方動手吧（實際上她曾經在班上同學眾目睽睽之下握拳毆打老倉，鬧出相當嚴重的問題），不過命日子明明在社團外部也有許多朋友，帥男友卻刻意鎖定我，不免感覺這是一種戰略。

找上善良溫柔，連蟲子都沒殺過的我道歉，看來這個男的是使用⑤試探行動的戰略……

「說得有理。現在自己低頭道歉之對象，居然是連蟲子都不敢殺之幼兒性愛未成年誘拐近親相姦兒童座椅之輩，這名男性應該連做夢都想不到吧。」

總覺得我的影子傳出一個像是罪大惡極惡名昭彰的稱號，不過這應該是幼女暗示自己在必要的時候會出面吧……雖然非常可靠，不過暫時還不需要妳登場。

先在舒適空間空著肚子等吧。

「來！阿良良木先生！揍我吧！我必須被痛毆一頓才行！如果自殺是被允許的，我馬上就想這麼做，可是這樣的話命日子不會消氣！命日子希望我接受更嚴厲的處罰！」

雖說勉強只差一天，不過幸好有先聽命口子說明……考試果然要預先準備才行，我受教了。如果在一無所知的狀況，不在乎服裝儀容的前美少年像這樣進逼過來，一無所知的我只會狂冒冷汗吧。

說不定，我這個好好先生會全盤相信帥男友所說的……光是全盤相信加害者的說法就很危險了，在加害都不成立的狀況更不用說。

「我想，命日子她……」

「和命日子無關！這是我與你的問題！我不想再傷害命日子了！」

帥男友主動提及這件事，像是被激情驅使般說個不停……也可以形容為劇場型的激情。如果沒事先得知的話真是不堪設想，應該說即使是事先得知的現在，我也只覺得恐怖。

可能是國文不好的我缺乏描寫能力，帥男友的樣子或許挺有趣的，甚至有點滑稽，如果真是這樣的話就抱歉了，我想在這裡謝罪。

我現在很自然地感受到危險。

可以的話，我很想當場逃之夭夭——前提是現狀允許我這麼做。然而我沒被允許。

在我短暫返鄉，回想起自己高三時期的這一天，我更不被允許這麼做。

要是被對方瞧不起就麻煩了。我不是連蟲子都不敢殺的幼兒性愛未成年誘拐近親相姦兒童座椅之輩，是甚至和吸血鬼和解的男人。居然找上這樣的我要談事情，真有你的。

雖然命日子阻止我，不過既然你這麼要求，我也不吝奉陪。

就容我肆無忌憚備好戰場接受你的挑戰吧。

「好，我就來聽聽你的意見吧。」

我對帥男友說完之後當場，也就是席地盤腿而坐，表現出談完之前絕對不會離開這裡的意志。而且坐著就不會被他發現我雙腿在發抖了。

給我做好心理準備吧。

我會陪你談到你哭著道歉為止。

「雖然我反對你的意見，但我拚死也會保護你表達意見的權利——即使真的會死。」

視線高度一口氣下降，我得以幾乎正面看見一直低著頭的帥男友表情，不過看到我無懼於旁人目光坐下，帥男友像是心想「居然被他先坐下了」，露出備受打擊的表情……大概是預先計畫好要在什麼時間點跪地磕頭吧。

如果是這樣，那就很抱歉了。曾經整晚向金髮幼女跪地磕頭的我，在這方面略有造詣。

對於帥男友這次一大早的突襲，我這下子終於成功反擊了吧。沒有握拳毆打的一記反擊。

就算這樣，也才剛開始而已。

不然就在這裡坐個六百年吧。

「如果不介意告訴我，我就聽你說吧——請別見怪。」

022

「法律當然不是萬能的。」

破洞百出，漏洞百出。

到處都是洞。

只要解釋的人不同，就可以進行各種不同的解釋，正如前面所說，法律並非永遠不變，所以並非絕對。

不只如此，某些法治甚至比非法地帶還要殘酷。

即使是不忍卒睹的規定，也只能唯唯諾諾全盤遵守的狀況存在於各處，雖說存在，卻也很難令人認可。

強制進行非自願的謝罪，果然是一種屈辱吧。不過，雖然完全不感謝生命或食材，坐到餐桌前面的時候依然毫不抵抗，毫無撒謊的意思就說出『我要享用了』這種話，到頭來也因為這是傳統的規矩吧。

就我所知，『感謝招待』是禮節。

即使不感謝也說得出『謝謝』，既然這樣，即使不覺得有錯也說得出『對不起』。

或許反倒會覺得自己在做好事吧。自己正在遵守規律做出正確行為的這份自覺，應該會讓自己心情高昂。

與其說是因為做錯事而道歉，不如說因為這麼做是對的而道歉。

如果道歉是對的，那我就是對的。

對方反倒應該謝謝我願意道歉。

這是極度樂觀的自我肯定感吧。自我否定或是自我批判當然也很痛快，即使如此，認定自己是對的、自己沒做錯事、自己沒錯的這種正義感，也等同於一種萬能感。

法律不是萬能，卻會賦予我們萬能感。

就算低著頭，內心也是抬頭挺胸。存在著自己正確遵守規定的驕傲。

即使道歉，這份驕傲也不會受損。

這麼一來就更容易道歉了吧。既然道歉的好處比較多，反倒會想要頻繁道歉吧。忍不住就想道歉。

或許反而會為了道歉而故意想犯錯。蓄意與過失。這樣聽起來很像是孟喬森症候群，不過陶醉於正義再怎麼說都很危險。

你的妹妹曾經是栂之木二中的火炎姊妹，這樣的你至今應該經常親身體會這種事吧。肯定知道標榜正義的危險性。

不過，某些人如果沒依賴這種危險性，如果沒藉助『法律』這種怪物的力量就無法道歉。

如果有人說這種人才是怪物，我確實無從反駁。如同你對於這樣的我沒有任何話語可說。

也沒有任何魔法可使用。」

023

「對不起～～～！小曆，對不起～～～！結果居然徹底把你捲進來了～～～！我沒有這個意思啦～～～！」

既然命日子前來道歉，就代表我沒達到任何目標。不過，為什麼命日子會在我從大學圖書館回來（這是我今天唯一完成的預定計畫）的路上跑來找我？

難道是收到帥男友的報告？不不不，命日子肯定早就封鎖他了。

「到處都在傳喔～～！你坐在大學校園的照片～～！還加上『#曆你坐啊』這個標籤～～！」

「『#曆你坐啊』是怎樣……」

分明是打從心裡瞧不起我吧？

有個小學五年級左右的傢伙會巧妙說這種話調侃我。

「放心，我認真的時候，相機拍不到我。」

「確……確實拍很模糊耶～～？」

命日子露出困惑的模樣，頻頻以手掌拍打我全身各處。原本以為這是在表達某種情感，不過好像是在確認我有沒有受傷。我知道她在擔心我，但是這種健康診斷也太粗魯了……

要是我有受傷該怎麼辦？

我一直以為妳是凡事不為所動的悠哉女孩。

「放心，我只是和帥男友進行和平至極的對談。」

「真的嗎～～？可是帥男友的影像也很模糊～～換句話說，帥男友也是認真的吧～～？」

唔……認真什麼的只是我在開玩笑，不對，或許也有這種事吧。如果帥男友是依照妖魔令的指令行動……

④命令系統。

「靈異照片到處都在傳了嗎……」

「總之對不起～～！居然造成這麼大的困擾～～！拜託不要討厭我啦～～！我不想失去交情最好的朋友～～！我可以准你夜襲我一次喔～～」

「這樣我們就不再是朋友了吧？」

「願意原諒我嗎～～？」

「原諒原諒原諒！」

「太好了～～」

命日子原本幾乎淚眼汪汪，卻在這時候若無其事露出笑容。我鬆了口氣。光是應付帥男友就夠累了，如果要在這時候和命日子進行第二回合的對談，即使是我也想婉拒。這不是真心話而是喪氣話，然而原因不只如此，如果連命日子都當場出現謝罪中毒的症狀，我像是以積木堆疊的假設將會崩塌。

別說五個假設，更別說十三個假設，我不會提出這麼廣泛的可能性……以我這種程度的能耐，頂多只能立下一個假設。

這個假設差點剛才脆弱瓦解……老天保佑老天保佑。

「所以呢～～？你是怎麼把帥男友，更正，把前帥男友趕走的～～？」

「就只是敞開心胸和他談一談罷了。回想起來，我從一開始就被教導應該這麼做。」

「教導～～？誰教導的～～？」

「夏威夷衫大叔。」

只不過，夏威夷衫大叔也說過這句話。

如果話語不管用，就只能戰爭了。

基於這層意義，當時危險的是我？還是帥男友？——這是不對稱戰爭。

坦白說，在我的影子裡，如果我有什麼三長兩短就可能會毀滅世界的金髮幼女正在磨牙霍霍，所以真要說這是賭命的交涉也不為過。

話是這麼說，不過我要向命日子透露到什麼程度呢……雖然我不想讓命日子和黑儀或老倉扯上關係，但我之所以開始行動，就是因為確認了三個案例……

只不過，今天像那樣和帥男友當面交談之後，就覺得各人的個性果然不同。戰場原黑儀的謝罪冷靜到令我想起以前沒有情緒起伏的她，老倉單純只是一直在說反話，也就是一如往常司空見慣的歇斯底里……相較於帥男友的劇場型激情，兩人的類型與傾向都不一樣。

即使接受相同的命令，只要執行的人不同，形式也會不同嗎？

當事人並沒有化為怪異……

不過，這也是有可能的吧……我先經歷黑儀與老倉的事件，就某方面來說完成了艱難的特訓，所以即使突如其然，我還是有底子可以應付帥男友。而且被認識的人這樣謝罪也比較不好受吧。

「總之，已經不用擔心了。」

經過一番猶豫，我在最後決定只說出結論。有祕密瞞著朋友是情非得已，不過這時候就要個帥吧。

因為我就是這種男人。

「帥男友好像再也不會出現在妳面前了。」

「……？是喔～～？」

命日子向我投以疑惑的視線，卻沒有特地追究。這方面的距離感，令我覺得她不愧是男友一個接一個的女大學生。

如果是我就會打破砂鍋問到底。

「社團好像也已經退出了。雖然在校內或是上課的時候難免可能擦身而過，但他今後會裝做沒看見。我和帥男友已經立下這個男人之間的約定。」

「我會被裝做沒看見啊～～」

命日子露出對此感到遺憾的表情。「但是就這麼辦吧～～畢竟我也不要求前帥男友主動退學～～我只有稍微這麼想過喔～～」她這麼說。

看來她稍微這麼想過。我想也是。

「不過，男人之間的約定真棒耶～～好帥～～」

「沒錯，阿良良木曆很帥。」

但是實際上完全不是這麼回事。

阿良良木曆只是在裝帥，其實並不帥，而且最重要的是，我和帥男友沒有立下什麼男人之間的約定。我和他談了很久，聽他一五一十說出一切，但是以最後的結果來說，很難算是已經解決。

雖然過程和平，後來簽訂的卻是強迫性的和平條約。

那不是約定。

那是……命令。

「……應該說因為是④命令系統吧。總歸來說，聽從某人命令做事的傢伙，也可能聽從別人的命令做事。」

「嗯？這是什麼話題～～？」

「機器人三原則之類的話題。」

以眼還眼，以牙還牙。以怪異對付怪異，以命令對付命令。

並不是原本就有這種作戰，但我果然原本就有這種底子。

我當天就回到家鄉，漫無計畫從小扇口中打聽到情報的這一連串行動，是我至今難能可貴的傑出表現。

帥男友、黑儀或老倉是受到外力影響而被迫道歉的這種猜想，以我的能耐確實想不到。我原本認為即使是基於怪異而發生，始終還是當事人的理性造成這次的事件。我在好壞兩方面都過於信任個人意志。也可以說是意志薄弱的反效果。

我因而失敗至今。

因為薄弱。

不過，如果帥男友他們是以②自罰傾向或是③自我犧牲這種毫無「自我」的狀態反覆謝罪，那麼再怎麼試著說服或是相互敞開心胸都沒有意義。因為敞開的心胸和剖開的竹子一樣空空如也，應該說服的本尊躲在他們的身後牽線操控。

關鍵的繩結深植於不同的場所。

「AI的話題嗎～～？要是輸入前後矛盾的命令，電腦到底會做出什麼樣的反應呢～～？」

雖然稍微偏離命日子的專長領域，但她看來還是自行思考過。「正常來說，當然是以後來的命令為優先吧～～」她這麼說。

「後出優勢的法則～～這部分得通融才行～～不過，實際上又如何呢～～？會笨笨地堅持執行先輸入的命令嗎～～？」

「也可能是輸入了不准聽從別人命令的命令。只不過啊，即使看起來頑固，其實也意外具備彈性。」

與其說具備彈性，應該說因為頑固，所以很單純。

盡可能長談到最後，趁著帥男友疲憊到極限的時候出招，也可說是最容易成功的時間點吧（吸血鬼的體力無窮無盡），即使不是如此，我的「命令」應該也會管用。

因為——這是王的敕令。

怪異之王的敕令。

「……不過，這個做法對黑儀與老倉應該不管用。畢竟以機制來說，『謝罪對象』的命令應該不會受理。」

關於命日子與帥男友的問題，我始終是無關的局外人，正因如此，我的「命令」才會生效。而且，雖然不想害得命日子不安，但是這樣其實治標不治本。

始終是暫時性的處置，應該說是緩和療法。

輸入的命令看起來成功覆寫，不過如果帥男友再度被納入④命令系統接受指揮，那就會前功盡棄，落入無止盡的迴圈。

改寫的命令會被改寫。

雖說這是借用鐵血、熱血、冷血的吸血鬼之名所下的命令，卻始終是落魄渣滓的權力……是憑著虛有其表的權力仗勢欺人，基於這層意義來說，我沒有第二次的機會。

小扇也說過。

連鬼都無法抗衡的妖魔令。

若要補充說明，這對於帥男友來說也不是好的解決之道。剛才為求淺顯易懂而以機器人舉例，不過人類當然不是機器人。命令的覆寫可能會令人陷入二律背反，進退兩難的處境……總之，考慮到命日子因為「謝罪」而遭受的困擾程度，我難免覺得必須讓帥男友也吃點苦頭才能一筆勾銷，但我終究不能只做到這個程度就放任不管。

如果要治本，不應該只是個別接觸加以處理，到頭來，還是只能斬斷暗中牽線操控的根源。既然惡法也是法，就只能期望修法。

「可是～～無論如何還是謝謝你喔，小曆～～雖然不知道今後還會演變成什麼狀況～～不過當前你幫了大忙喔～～真的真的真的真的謝謝你～～」

「聽妳感謝到這種程度，我渾身不自在。真的真的真的真的渾身不自在。我只不過是湊巧擔任這個角色，只不過是做了任何人都做得到的事。」

實際上某方面也多虧了忍，所以我的謙虛話語也說得爐火純青，但是命日子不肯讓步。「不不不不～～正因為是小曆才做得到吧～～」她繼續這麼說。

「因為是小曆說的～～所以前帥男友才會乖乖聽話喔～～」

「……嗯？」

她莫名強調只有我才做得到。

原來命日子認為我是這麼可靠的男人嗎？那我就會害羞了。老實說，我不記得在這傢伙面前表現過這麼出色的一面……

總是表現遜色的一面，尤其是功課很差的一面。

「明明先前找社團研究社的凶神惡煞出面也完全沒用～～地緣關係果然很厲害耶～～」

「社團研究社有凶神惡煞？」

這是哪門子的社團？

這不是重點……地緣關係？

「命日子，妳說的『地緣關係』是什麼？」

「咦～～？我拖到現在還沒說嗎～～？」

命日子像是裝傻般歪過腦袋。

「帥男友他啊～～和小曆一樣是直江津高中的畢業生耶～～？你不是知道這件事才找他談的嗎～～？」

她這麼說。

「……我沒聽妳說過。」

不對。

我想你應該認識——她說過這句話。

雖然說過，不過既然這樣……事情就截然不同了。

那場對談就截然不同了。

024

「比起沒有惡意，沒有自覺應該更加棘手吧。簡單來說，如果不只是不認為自己『做了錯誤的事』，甚至不認為自己『做過什麼事』，就真的不知道自己應該為了什麼事情道歉。

或許造成了被害，或許造成了困擾，即使如此，自己依然是對的，只能認定自己是對的——如果抱持這種主義，也可以乾脆當個信仰犯，自詡是惡棍小說的主角吧。

然而，對於不認為自己『做了正確的事』或是『做了錯誤的事』的人，對於自認『我明明什麼都沒做』的這種人，到底該要求進行什麼樣的謝罪？對此也只能傷透腦筋。

如果是沒盡到法律所規定義務的『什麼都沒做』，反倒還有譴責的餘地，但是面對連這種違反行為都沒做的懶人，該怎麼說明對方這種毫無自覺的心態才是問題？

因為不想被罵，所以什麼都不做。這種想法也是存在的。

因為不想被罵，所以什麼想法都沒有。

只不過，認定和自己無關而袖手旁觀的這種人物，正可以說是最適合成為局外人的人物。如同法官與陪審員不能制裁和自己有關的加害者，不能負責自己有涉入的事件。

施行並執行法律的人如果是當事人，國民應該也無法接受吧，否則這麼一來法律可能會出現例外。所以雖然嚴謹定義的局外人不可能存在，卻還是得尊重原則才行。

任何人只要經過五個人就能相互認識，這是著名的小世界理論，不過要擁有何種程度的關係性，才夠格稱為『關係人』呢？

你也一樣。

原本你也認為事不關己吧？

雖然涉入這場風波，卻認為始終只是為了解決女友、朋友與兒時玩伴身上降臨的災難吧？

自以為是法官。

或者自以為扮演名偵探的角色。

不過，並非如此……即使是大名鼎鼎的阿良良木曆，只要沿著人際關係串聯起來，就會平等地——在法律之下平等地成為沒有特權，一視同仁的當事人。

即使是法官，也同樣會被拉上被告席。」

025

「我當成第一志願拚命K書考上這所大學，但是以『直江津高中有史以來罕見的吊車尾』而聞名的那個學弟，輕輕鬆鬆就考上了。據說是為了女人入學的。沒有啦，這種事無所謂，我也沒道理抱怨，但我總是想要一句道歉。」

帥男友好像這麼說過。

我在自己不知道的地方居然像這樣成為話題，還有，我居然以「直江津高中有史以來罕見的吊車尾」而聞名，居然被說是為了女人入學，這令我覺得非常不舒服，卻也多虧這樣而解開了謎團。

就像是神經突觸彼此連結。

失落的環節連結起來了。

應該說，這是資訊量過大而造成混亂的模式……如果沒聽命日子說明帥男友的謝罪攻勢，我就可以直接查出黑儀與老倉的共通點。不，在這種狀況，黑儀像是新年問候般向我提分手，以及老倉埋伏在公寓向我跪伏的這兩個事件，我可能很難聯想在一起……何況老倉早就從直江津高中退學（記得是轉學？），所以老實說，我不覺得那個兒時玩伴是那所懷念母校的同窗。

或許我只會把她歸類為我的親友……不過，屬於隨機數的帥男友既然是我高中時代大一屆的學長，那麼共通點就很明顯了。

直江津高中的畢業生。或者是大致符合這個條件的人。

而且現在就讀曲直瀨大學。

老實說，我……據說是直江津高中有史以來罕見吊車尾的我，在學校也沒加入任何社團，所以可說是幾乎沒有產生過學長學弟的關係。

關於這一點，前面所說的老倉當然不用說，一、二年級都偽裝成深閨大小姐的戰場原黑儀，也有相同的背景……總之，當年警戒心破表的深閨大小姐，或許早就滴水不漏掌握全校學生的個人情報，但也肯定只是單方向的關係，只算是毫無關係。

完全沒自覺是當事人。

換句話說，如果三人之間產生某種關係，那應該不是在高中時代，而是在曲直瀨大學的校園生活產生的，這個判斷基本上肯定沒錯。雖然兜了一個大圈子，但是得知到這種程度，已經等於找到了正確解答。

除了我以外的直江津高中畢業生都有加入，類似這樣的聊天群組肯定存在。明明老倉連畢業生都稱不上，為什麼只有我被排擠？雖然誕生了這個新的謎題，不過這就等我晚上鑽進被窩，一邊流淚溼透枕頭一邊思考吧……

「命日子，我想知道帥男友的行動歷程。除了社團研究社，帥男友在這所大學有沒有進行什麼主要活動？像是國際交流……或是數學方面的活動？」

照道理來說，我去問自己直接認識的黑儀或老倉就好，只可惜現在是謝罪對象的我，無法和現在的她們好好談。雖然命日子與帥男友應該也無法好好談，不過在帥男友變成那樣之前，命日子很可能聽過某些情報。

「嗯～～？前帥男友應該和我不一樣，並沒有身兼多個社團吧～～？」

「這樣啊……那麼，你們會上同一門課嗎……？」

即使學年與學系不同，應該也可能有機會上同一門課……但我總覺得不太對勁。畢竟我不認為有哪一門課只有直江津高中出身的學生選修。雖然我完全沒融入，不過直江津高中終究是傑出的私立升學學校，即使有校友會之類的組織也不奇怪。

「啊～～這麼說來～～？雖然和社團活動或是同好會之類的不太一樣，不過在去年年底～～？放寒假之前，帥男友說過這種事哦～～？記得是我們還在熱戀的那時候～～？」

這段蜜月期間是什麼時候和我無關，不過既然是放寒假之前，以時期來說就完美吻合。不過或許只是在我不知道的地方說我壞話就是了……

應該不是整天說我壞話炒熱氣氛的三人組吧？

「直江津高中有史以來罕見的吊車尾」是吧。

我在高中時期幾乎沒注意別人對我的看法，不過重新聽別人這麼說就相當吃不消。

我自己這麼說就算了，被親友這麼說也還好，但是被素昧平生的人這麼說就很難受。內心深受打擊。

而且難以反駁。

不，我在學校的成績終究也不是最後一名，印象中也確實沒被說得這麼慘，不過帥男友這段評價後面接續的話語，某方面來說令我啞口無言……「想要一句道歉」。

原來如此。

確實，我直到高中三年級……說得更詳細一點，直到高中三年級的六月，別說升學還是報考，連能否畢業都岌岌可危。

也就是和日傘恰好相反。

這種未來，應該任何人都猜不到吧。連我爸媽也不例外……基於這層意義，雖然我總是把「地獄般的春假」或「惡夢般的黃金週」掛在嘴邊，卻非常受到老天爺的眷顧。

不只如此，應該說我作弊才對。

我應該這樣告解——這樣懺悔才對。

我的成績突飛猛進，不只是因為直江津高中首屈一指的兩大才女貼身擔任家庭教師，我也付出了相應的努力。

我有這種自負。

不過，這份努力本身有吸血鬼的離譜能力暗中撐腰，例如無窮無盡的體力、漫畫般的專注力、熬夜再多天也毫無影響等等，所以考試所需的知識當然是想裝多少都裝得下。

這不叫作弊，什麼才叫作弊？

當然，我也有藉口能說。在寒假這個最後衝刺的關鍵時期，我幾乎每天一直被蛇神殺害，考試當天的早上，甚至還倒栽蔥下了地獄。這種事很難以「好」與「壞」這種明確的話語分類，也不能單純以「利」與「弊」來評論。

不過客觀來看，如果我沒有吸血鬼體質，人生也沒有牽扯上怪異，就不會有大學生的阿良良木曆，只會有高中留級或是高中輟學的阿良良木曆。

我和神原或日傘在同一間教室上課的機率會很高。如果我們同年級，她們兩人基本上應該不會和我做朋友吧。

包括這方面都是現在的我，所以我自己不會以過於否定的態度看待……但這同時也只不過我自己的事。

是個人情報，是私事。

我並不是平常就穿著印有「吸血鬼體質」的T恤過生活。我實際上的作弊行為（說好聽一點是優勢）和帥男友一點關係都沒有。

想要一句道歉。

他肯定沒道理對我這麼說……雖然肯定沒道理，不過這麼說來，我也回想起之前和日傘的對話。

光是我這種傢伙「輕輕鬆鬆」就讀大學的這個事實，看在帥男友或是日傘眼裡，或許就會令他們火大……並不是有什麼特別想做的事，只因為「是女友確定保送入學的大學」。選擇數學系這種冷門出路，也只因為數學剛好是拿手科目，我沒有立志成為科學家。不是老倉那樣尊敬歐拉，立下雄心壯志的年輕人。

看在一步一腳印每天認真累積實力的考生眼裡，我這樣一步登天看起來或許是瞧不起人……雖然是誤會，卻有被人誤會的要素。依照某些人的個性，也可能會想要像是日傘那樣學壞吧。

或許會覺得我是開外掛的角色而失去幹勁……

據說熱衷於社團活動的學生，如果在退休之後以相同等級的動力專注向學，成績進步的幅度會令人難以想像……不過即使神原做得到，以我的狀況也不能套用這種模式。

在旁人眼中，看起來甚至像是在開玩笑吧……

當然，帥男友也不是真的堅持要我道歉。

肯定始終只是閒聊的話題之一。是在宣洩壓力。

說起來，如果他當真這麼想，就不會接受我的「命令」……不過真是的，原本以為我是憑著「怪異之王」的權威下達仗勢欺人的命令，帥男友才會在二律背反的處境之中，選擇遵守我這邊的法律，事實卻不是如此，居然是因為我對於帥男友來說是品行不良的學弟……

雖然鬼無能為敵，但我即為帥男友之敵。

就某方面來說，高中時代的不良品行救了我一次。我明明對於「人只能自己救自己」這句話高舉反抗的旗幟，卻意外地親身實踐這個教誨。

「所以命日子，帥男友是怎麼說的？」

「他被教授拜託～～為了三月報考的新考生，在年底舉辦的最後一次校園開放日，他要臨時去幫忙～～大概就是這樣～～我們那時候，不是也參加過校友訪問之類的活動嗎～～？」

「我沒來這裡訪問過高中校友……應該說，我甚至沒來參觀過這所學校。」

「啊哈哈～～小曆你喔，真是天才耶～～」

聽到妳這麼說，小曆大概也完蛋了，這也令我深刻覺得人類就像是萬花筒，以不同的方式會看見不同的模樣。不過，原來如此。

校園開放日……沒想到成為伏筆的閒聊不是出自於小扇或八九寺，而是出自於我覺得最不重要的日傘。

世事真是難預料。

校友訪問嗎……

看來我又要再度掉頭回到家鄉一趟了。明明好不容易搬到老倉隔壁，現狀和我騎腳踏車通學的那時候根本沒什麼兩樣。

026

「想要一句道歉。」

這看起來是簡單的要求，卻也是難以回應的願望吧。乾脆說『不用道歉沒關係，閉嘴去死吧』還比較容易反應。

如果是無理取鬧的要求就容易拒絕。

某些人認為低頭道歉比死還難受，對這種人要求道歉，甚至是一種卑鄙的行為。

濫差不是無所不在嗎？

即使是其他人理所當然在做的事，自己卻莫名其妙無論如何都不想做，難道沒有這種經驗嗎？

比方說無論如何都不想穿裙子，或是對於吸麵的聲音感到厭惡，或是無法忍受四人以上的聚會，或是非常討厭拍照，或是再怎麼樣都不肯搭飛機之類的，人們各自有一些無論如何都無法退讓的厭惡事物，要是被戳到這種痛處，大家會覺得為什麼連這種理所當然的事都做不到，是把『不喜歡』視為『不誠實』的一種陷阱。

另一方面，要求道歉的這種行為，有時候聽起來也像是在鋪陳。如果聽起來有種『反正你這傢伙做不到吧』的口吻，有時候可能不是挑釁，而是期待。

嘴裡說想要一句道歉，卻覺得對方不會道歉，而且要是在這時候道歉，反而會覺得掃興。

要是對著被要求道歉就會道歉的雜碎動怒，旁人對自己的評價或許會降低，因而感到不安。

我是否不該成為應該打倒的強敵？

如果聽對方宣稱不是故意的，或許比較容易原諒，但是反過來看，也可能是聽到對方這麼說就不容易生氣。

如果不是故意的，算是一種事故，任何人都沒錯的話，確實就不必憎恨任何人，不過在這種時候，內心的壓力與情感到底要往哪裡宣洩？

應該不會消失不見吧。

看來這就是任何物語都需要反派的理由。不會輕易道歉的反派，在某些狀況應該會成為被害者的補償。

名為『不更生』的更生。

名為『不悔改』的悔改。

名為『不成長』的成長。

名為『不謝罪』的謝罪。

阿良良木曆與戰場原黑儀，甚至是羽川翼以及老倉育也做不到的這種行為，或許『那個男的』裝模作樣地做到了。」

027

不過，阿良良木曆這場毫無預告的旅行，似乎就此告一段落。這絕對不是眾所樂見的結尾，我個人也有很多想法，然而物語還是必須結束。即使是多麼不如意又違背本意的形式。必須像是洗好的衣物摺疊放好，即使依然沒有處理乾淨。雖然對我來說是壞結局，不過就祈禱對於某些人來說是好結局吧。

雖說整個過程毫無預告，但我好歹做好最底限的事前調查與準備。我也多少有所成長。尤其必須首先確認的事項，就是黑儀與老倉是否以主辦方的身分，參與命日子所說的校友訪問會與校園開放日。

當然，要向她們本人確認現在的關係性是一件難事，不過即使是當時確實和同班同學毫無交流的我，也不是完全找不到談得來的直江津高中畢業生。我用盡「以前班上同學朋友的朋友」這種像是都市傳說的細小人脈，查出她們兩人確定分別成為系上的一年級代表（黑儀是國際經濟學系，老倉是數學系）參加這項活動。

正如各位的猜測，這個活動沒有任何人找我，但我無從抱怨。無論是誰怎麼看，阿良良木曆都稱不上是理想的考生代表……他的報考經驗完全不值得參考。至於黑儀是保送合格的學生，老倉雖然沒從直江津高中畢業，卻在反覆轉學以及拒絕上學到最後獲得獎學金就讀大學，並不是不能稱為苦學生的典範。

說起來，既然在國立大學擁有推薦名額，直江津高中就可說是和曲直瀨大學往來密切。這算是連結不同學系與學年的失落環節，應該說我應該從一開始就想到兩校會舉辦這種獨特的活動。

這簡直是只有至今無視於這種派系關係性的我會犯下的愚蠢疏失……這麼一來我就找到三名「謝罪者」的共通點了。

不只如此，我向極少數談得來的直江津高中畢業生打聽情報之後，得知了一個無法喜聞樂見的實情。

博愛主義的情報來源表示，直江津高中的畢業生之中，還有其他在學的學生出現類似的症狀，而且人數很多，正在校內各處靜靜成為話題。以失落環節連結起來的人，不只是帥男友、黑儀與老倉。

這條連鎖比想像的還長。和連鎖信一樣長。

我沒有追蹤調查得這麼徹底，不過參加這場校友訪問會的前直江津高中主辦方，幾乎所有人都出現一些想要「謝罪」的傾向。其中當然有個人差異，不過已經可以認定是集體症狀，也就是答案顯而易見。

這場研討會發生了某件事。

前直江津高中的學生們遭遇了某件事。

說太多次聽起來像是在鬧彆扭不太好，不過沒參加這場研討會也沒被邀請，甚至直到現在都不知道有這場研討會的我，應該不容易推測當時發生的事實，但是帥男友在這裡給了提示。

想要一句道歉。

校友們上臺演講自己考上大學之後的校園生活時，如果「發令者」對他們抱持這種想法與感覺，那麼這個人肯定是來觀摩的考生。

而且是無望考上的考生。

這場毫無預告之旅的事前調查大概就到這裡，至於事前的準備，我現在正要打電話給我的準班底日傘。如果我是直江津高中有史以來的吊車尾，那她就是第二代，如果她的第一志願是曲直瀨大學，她可能有著成為頭號嫌犯的危險性。

實際上我也有點懷疑，不過日傘沒報考曲直瀨大學，何況她受挫的時間更早一點，如她先前所說，連志願學校在年底舉辦的校園開放日，她都沒有參加，我甚至在這方面很擔心她。

瞧她一副準班底的模樣，卻連犯人都不是？

「啊～～不過人家覺得這種事很快就查得出來喔。因為直江津高中的吊車尾有專屬的聊天群組。」

「真是討厭的聯盟……」

「大家會在裡面互舔傷口。」

這就某方面來說是傷物語，不過連這種聯盟都進不去，這就是阿良良木曆之所以是阿良良木曆的原因。在高中生活與大學生活都不例外。

只不過……她也早就說過這件事了。

她說過在直江津高中，這種脫隊組到處都是。

正因為直江津高中是升學學校嗎……我還以為只有我是特例。

「是把第一志願設為曲直瀨大學的三年級學生──曾經把第一志願設為曲直瀨大學的三年級學生對吧？」

「嗯，還有……選填的學系說不定是法律系。」

「收到，交給人家吧。馬上就會查出來通知您。」

她逐漸坐穩情報販子的寶座。

實際上，這個情報販子非常能幹，我開著金龜車前往家鄉的途中，就收到下列的訊息。

『三年一班，上洛落葉。』

『前田徑社成員。』

『第一志願是曲直瀨大學法律歷史系。』

『鮑伯頭的可愛型。最近裙子改短。腿長二十四公分。NIKE ZOOM FLY。』

『生日是二月一日。血型是O型。』

『家裡的住址是……』
『身高一五三公分，體重五十公斤。』
『三圍是……』
『寵物的名字是……』
『第一次看的電影是……』
『小時候的綽號是……』
也太能幹了。
我並不是要回答什麼私密的問題。
我跳過這些關於隱私的記述，定睛看著重點部分。當然有遵守交通法規，是在等紅綠燈的時候看。
即使是紅燈，我依然在前進。
終於。
『是從社團退休之後成績退步的類型（和人家一樣燃燒殆盡的那種）。』
『雖然有參加您說的年底校園開放日，不過當時好像已經變更志願學校（而且也直接放棄考大學？是的話就和人家一樣了。嘻嘻～～！）。』
『最近會去一趟鬧區再回家。沒了社團同伴之後，她好像會一個人玩，一個人玩到很晚，一個人玩得很孤單。』

『所以，精神狀態不穩定的她在今天的返家路線，請參考附件地圖然後在路上埋伏……』

這個學妹是人口販子嗎？

感覺日傘自己也需要接受另一種教育（雖然這麼說，不過以她的能幹程度，就某方面來說我覺得不必擔心），但是現在要緊的是她——上洛落葉。

上洛落葉學妹。

完全不認識上一屆學長姊的我，並不熟悉下一屆的學弟妹，不過她是神原與日傘的同學……雖然沒有直接的交集，「前田徑社成員」的這個頭銜卻值得大書特書。

在她眼中，國中時代是田徑社王牌的戰場原黑儀是什麼樣子呢……

不只是黑儀，包括老倉或是帥男友，看見原本和自己同樣就讀直江津高中的學生「輕輕鬆鬆」歌頌大學生活的模樣，不知道她是怎麼想的。

校園開放日並不是純粹炫耀大學生活多麼美妙的場合。雖然自以為明白這一點，即使如此，或許還是不這麼認為吧——如果她也像我一樣是個吊車尾。

或許她會……想要一句道歉。

會要求「我」這種思慮不周的人謝罪。

……當然，現階段只是我擅自斷定。除此之外應該還有很多嫌犯，也有像我這樣連這種像是互助會的團體都沒加入或無法加入的邊緣人吧。不過若是如此，為了釐清落葉的嫌疑，我也非得和她接觸不可。

如今已經不只是我身邊的問題……不只是黑儀、老倉與帥男友，其他的直江津高中畢業生——「加害者」要是量產到遍及各學系與各學年，「妖魔令」就逐漸超過我能在自己人內部解決的範圍。

目前看來還可以解釋為各自的「古怪行為」平息風波，不過直江津高中的畢業生在曲直瀨大學紛紛四處謝罪的現象，要是被第三方機構發現，以最壞的狀況來說，大學與高中之間的密切交流可能會因而斷絕。

明年之後的推薦名額被刪除也不奇怪。

所以，雖然情非得已，不過看來只能依照人口販子……更正，依照情報販子的建議，勇於進行埋伏作戰。是否要將日傘升格為正式班底就在事後認真考慮，但是沒想到我這種吊車尾會以這種形式對母校有所貢獻。

我對此也應該認為賺到了嗎？

還是應該說一句道歉？

028

「人會變。任何人都會變。

會變心，也會變身。有為轉變，萬物流轉。

怪異之王姬絲秀忒・雅賽蘿拉莉昂・刃下心——從人變成鬼，從鬼變成幼女的她，全盛期是什麼時候？

我喜歡現在的自己，不過也有人比較喜歡以前的我吧。就母親看來，以前躺在病床受苦，什麼事都不能做，想說什麼也不能說的我，或許是最可愛的。

不只是我，大多都會有偏差對吧。

自己的評價與周圍的評價都有偏差。

人們常說在這種時候應該依照周圍的評價，不過真的是這樣嗎？我不是最了解我自己的人嗎？

只不過是不認識我的人在說自己想說的話吧？

還是說，我是最不了解我自己的人？我缺乏身為我的自覺？

無論是藝術家、創作家或音樂家，最受讚賞也最有名時期的作品，當事人未必都會引以為傲。生澀卻造成轟動的出道作品被稱讚時，會明顯露出抗拒表情的大師意外地占多數。

會露骨假裝『忘記了』。

就像是其實不想在最佳專輯放入最佳歌曲的感覺。之所以封印暢銷歌曲，刻意迴避熱門風格，不只是秉持著摸索新路線的挑戰靈魂或開拓精神，感覺也單純包括自我否定的要素。

不把顯示在客觀數字的人生顛峰引以為傲，這種事不限於大師們，任何人說起『那個時候』都是害羞又靦腆，說不定這種『不驕傲』的感覺就近似於『不道歉』的感覺。

如同我就是這樣，正因為單純想認定現在的自己是最好的，所以無論如何看起來都傾向於想要否定過去的自己。這是和懷舊不相上下的情感，但也絕對不只如此。為過去的過錯謝罪，確實會有一種認知到當年自己的恐怖。因為覺得現在比較好，所以討厭過去到不必要的程度。基於這層意義，愈久以前的往事在某方面來說愈難放下心態道歉。

堅持不道歉。

即使把時間當成解決一切的良藥，萬無一失準備好讓對方願意原諒的環境，在重提往事的時候，道歉的一方也和被道歉的一方同樣難受吧。

最不原諒我的是我自己。

所以不敢道歉。

所以不會道歉。

就我來說，阿良良木曆的全盛期無疑是高中三年級那時候，但是對你來說，那是如同地獄或如同惡夢的時代吧。

正因如此，所以我這麼想。也想這麼說。

或許，你也差不多該原諒全盛期的自己了。」

029

「妳是落葉學妹吧？哎呀～～太好了太好了，確實見到妳了。我是受妳父母之託，所以像這樣過來接妳。」

將車子停在路肩等待兩小時，邊走邊滑手機的女高中生終於經過，我從駕駛座打開車窗，露出單邊手肘向她搭話。

上洛落葉。

直江津高中的制服。裙子偏短。鮑伯頭。我沒認錯人。

雖然日傘提供的情報完全符合，但她看起來不像日傘說的那麼學壞，也沒有特別打扮成辣妹。或許也因為我家鄉的限度意外地僅止於此，不過學壞的極限居然是邊走邊滑手機，可見這裡真的很純樸。

我居然離開這麼美好的城鎮。

「好啦，上車上車，妳父母在擔心妳喔。」

我從駕駛座操作，打開後座車門。看我幾乎只靠著氣勢逐漸推動事情進展，停下腳步的落葉從手機慢慢抬起頭，雖然似乎感到疑惑，視線卻停在駕駛身旁副駕駛座安裝的兒童座椅。

「…………」

她猶豫之後，就這麼默默坐進「過來接她的車」。

以女高中生來說，她這麼說可說是缺乏戒心，但如果她是看見兒童座椅而相信我，那就是開心的失算了……介紹年幼孩童或是年老父母似乎是非常有效的詐騙手法，難道我看起來像是有孩子的人嗎？

或者說，也可能只是自暴自棄……落葉一坐進後座，將前田徑社成員的雙腿伸直，擺出一副順其自然的冷淡態度。看來她剛才在玩社群網路遊戲，視線一下子就回到手機。

「可以繫上安全帶嗎？還有，手機在車上要關機。因為這輛車是用電腦控制的進口車，千萬不能影響到駕駛。」

「……？是喔。」

即使覺得可疑，依然聽話照做的女高中生……繫安全帶是常識範圍的提醒，所以她不得不聽從，但我順勢謊稱這是規定而成功讓她關閉手機，是預料之外的幸運。

畢竟要是她在中途求救也很棘手。

引出小小的YES可以促成大大的YES，這也是騙徒的手法嗎？嗯。總之騙徒說不定都比我好一點。

我現在的所作所為，完全是在誘拐未成年人……我成為大學生之後，依然會繼續誘拐年幼的少女嗎？

罪犯特質也太強了。

不是道歉就能被原諒的事。

總之，我踩下油門，盡可能離開現場……在十字路口右轉的時候，我利用後照鏡的反射，重新確認後座落葉的外貌。

我在學的時候，她肯定是二年級，不過老實說，我沒印象……畢竟我和日傘是在畢業之後才好好認識，神原以外的二年級學生，我果然一個都不認識。

並不是見面之後發現早就認識的狀況。

光是像這樣觀察，感覺她只是看似正經的女高中生……沒留下前田徑社社員的印象，是因為退休很久了嗎？以運動員的標準來說有點瘦。大概是和退休的太空人一樣，辛苦唸書備考的生活導致肌肉退化吧。

「說了什麼嗎？」

此時，沉默至今的落葉忽然詢問正在開車的我……

咦？她是問情報販子說了什麼嗎？

「我爸媽。他們為我的事情生氣了？」

「啊～～沒有啦，他們很擔心妳喔。妳想想，明明快要考大學了……」

「哈哈。」

她以鼻子笑了。像是在嘲笑。

「考大學嗎？沒問題的，考得上的學校我會考上。不會勉強自己。這部分和阿良良木學長不一樣。」

在我鬆一口氣的時候出招了。

哎，就像帥男友那樣，即使我不認識對方，對方也未必不認識我。所以剛才贏得信任的不是兒童座椅，是我的臉？

「我們曾經在哪條走廊擦身而過嗎？」

「沒有喔。不過，我經常從生涯規劃的輔導老師口中聽到你的大名。偏差值是零的你成功考上頂尖大學，是傳說中的考生。」

我都忍不住想笑出聲了。

雖然是嘲笑，卻像是自嘲。

又是直江津高中有史以來的吊車尾，又是傳說中的吸血鬼……更正，傳說中的考生，謠言就這麼無止盡地加油添醋傳下去。

居然說我偏差值是零……

「老師說『妳也要向他看齊』……要求我這種人達到這種水準也沒用吧。阿良良木學長，在我的心目中，你這位大學長反倒是我不願正視的事實喔。」

「……實際看見本人，就知道沒什麼了不起吧？」

「這很難說。開著氣派的車子，頭髮也像是嬉皮一樣恣意留長，大學長成為大學生之後看起來依然自由自在，我不得不崇拜你。」

她隔著後照鏡酸溜溜地這麼說。

我之所以留長頭髮，原本是為了遮掩吸血鬼的齒痕，不過這種解釋在這個局面應該不管用。不只如此，如果我強調父母買給我的這輛車是左駕，在國內很不好開，應該會成為反效果吧。

同為升學高中的吊車尾，我們明明可以有更多的共鳴，不過我似乎在各方面招致她的反感……話是這麼說，但我這邊也是半斤八兩。

這次前來找落葉，我不敢說純粹是為了她……不純又不粹。我是為了黑儀、為了老倉、為了命日子、為了我自己，並不是為了她。

「所以，我爸媽生氣了？」

「…………」

原來謊言沒穿幫嗎？

這孩子真是率真，應該說令我掃興……非常在意是否惹爸媽生氣的這一點也是。明明我可是當成昔日和德拉曼茲路基、艾比所特或奇洛金卡達這些吸血鬼獵人的對決而來的。

原來不是嗎？

反倒比較像是昔日和小扇的對決。

表與裏——確實，我和這孩子雖然同樣有吊車尾屬性，時期卻不一樣……總之就我來說，光是改考比較好考的學校就說成吊車尾也太誇張了，不過她就是不想聽我說這種話吧。

「生氣的話怎麼辦？妳要道歉嗎？」

「當然會道歉啊。我會說『害你們擔心了，對不起。爸，媽，我這個女兒太笨了，對不起』。」

落葉一邊這麼說，一邊在後照鏡裡低頭示範。感覺真的是在實際示範的她，抬起頭之後露出淺淺的笑容。

「阿良良木學長，你擅長道歉嗎？」

「唔……你是說向父母道歉嗎？這很難說。」

聽她這麼問，我就發覺自己好像很少向父母道歉。雖然現在維持比較良好的關係，但我自覺在高中時代，彼此的關係相當險惡。現在或許也只是搬離老家保持適度的距離罷了。

「不只是父母，也包括老師、朋友與女友。進一步來說，不只是道歉，而是道歉並且得到原諒，你擅長嗎？」

「……真要說的話，我不擅長。」

雖然也意味著至今總是在做無法被原諒的事，不過以我的狀況，我不指望能得到原諒的事情太多了。

我現在誘拐未成年人的這個行為就是如此，接下來我要對落葉進行的處置也是如此。我現在握著方向盤開車，當然不是為了送她回家。

現在前往的是另一個場所。

也可以說是我很熟悉的場所。

「我很擅長得到原諒。換個方式來說，就是假裝道歉。」

「假裝道歉？」

是日傘那邊籃球社學妹的話題嗎？

不過，運動社團的階級關係超過我的理解範圍。

「坦白說，下跪磕頭是外行人的做法對吧？這個手法只會反而招致反感，難免被當成是藉由徹底的表演，達到自我陶醉的效果。重點在於表態認輸的時候，要好好裝出認輸的樣子。」

落葉就這麼掛著淺淺的笑容說。

「比起低頭，垂下肩頭比較重要。視線要稍微朝下。眼淚只到眼眶的話沒問題，但如果真的哭出來，就會被覺得煩。施加壓力求得原諒並不是聰明的做法，因為要是在事後留下禍根就沒意義了。忍著不掉淚的這種感覺最好。可以的話要壓低聲音，我想想，就像是在承受屈辱的感覺。」

「……不用露出反省的模樣也行嗎？」

我難以理解這段對話的意義，卻決定先陪她聊下去。不是覺得可以當成攻略的線索，單純只是一種興趣。

或者是一種事前準備。

「過於裝出懂事的模樣也是反效果。醞釀出內心比起反省更想反駁卻忍著不說出口的氣氛，或許反而可以提供對方『讓人屈服的成就感』。以力量強壓，或是以智慧建構理論，抑或是以正義令人投降，都會造成一種幸福感。只要給予這種性方面的興奮，人們的怒火就會降溫而變得寬容。」

聽到女高中生在密閉空間的車上說出「性方面的興奮」這種話，真令人臉紅心跳……確實，這麼一來感覺任何事都能原諒。

「可是，落葉學妹。這果然不是真的道歉，只是假裝道歉吧？一旦穿幫，不會惹得對方更生氣嗎……我覺得既然這樣，毫不做作而且毫無心機直接道歉會好得多。」

「只要感受到誠意嗎？可是，也有很多人不喜歡對方懷抱著誠意之類的『自我』開口道歉。拋棄『自』或是『我』言聽計從，這才是謝罪的樂趣所在。習慣之後就很有趣喔。不提這個，雖說是假裝謝罪，卻也不是毫無誠意與歉意喔，阿良良木學長。」

嗯？什麼意思？

既然真的有這個心，我覺得根本不必假裝……我先前之所以借用怪異之王的皇袍，是因為我並非怪異之王。

「我真的覺得對不起爸媽。可是，正因為覺得對不起，所以必須以CP值最好的形式傳達這種心情。」

「……無法傳達的歉意沒有意義？」

「是的，如同無法傳達的愛情沒有意義。聽說爸爸向媽媽求婚的時候，預約了看得見浪漫夜景的高級餐廳，嘴裡還哼著莎士比亞的詩歌，用了各式各樣的方法耶。這是同樣的道理。」

再怎麼覺得對不起，要是任憑情感驅使直接吐露這份心情……承受這份心情的對方只會覺得困惑。就像是命日子與我。

無視於對方心情，不拘泥形式的奇特謝罪，和一拳直接打過來沒什麼兩樣。道歉的時候必須露出愧疚的表情是吧……

我上了一課。

「剛才說下跪磕頭是一種表演，那麼落葉學妹，所有謝罪都是表演嗎？是超越禮節、儀式或慣例，用來款待的表演？」

「款待，正是如此……看見生氣的人，不是會希望他露出笑容嗎？必須用盡辦法達成這個目的才行。」

沒有表就不會有裏。

如果笑容是檯面上的表情，謝罪就是檯面下的隱情。

只是在演技加入熱情罷了。

落葉說完再度低頭，垂下肩頭發抖。

雖然不是佩服的場合，但她真的演得很好……如果黑儀或老倉對我這麼做，我或許意外地會全盤相信。

只是如果反過來看——反過來說，這也意味著從黑儀、老倉與帥男友開始，就讀曲直瀨大學的直江津高中畢業生謝罪攻勢，未必是基於落葉的意圖或企圖。

即使以法律為準則，也沒有以她為準則。

即使有所牽連，也沒有牽線。

以帥男友的例子來說，如果帥男友是被落葉操控的選手，那他就不會以那副邋遢的模樣突然現身，而是穿著筆挺的西裝，帶著伴手禮來找我吧。雖然這就某方面來說會令我困惑，但至少不會輕易被我反擊。

總之……我原本就認為不是這樣。

否則就過於莫名其妙了。

像是翻舊帳般拿出早就原諒的往事道歉，或是提出沒人控訴被害的加害行為道歉……毫無建設性也沒有生產性。借用落葉的說法，這種謝罪對於任何人都不算是任何款待。

這是有可能的事。

我不是專攻法學，不過法律的意圖、解釋與執行，並非在任何場合都一致。雖說惡法也是法，不過任何法律到頭來都是端看如何運用。懷抱「壞人都要判處死刑」的理想，企圖讓人類滅絕的法學家，絕對不只存在於假想實驗吧。

妖魔令。

法律正在失控——失控的應該是落葉的內心。

無法壓抑的心情傳達出來了。

要求道歉的心情。

「像是吊起來示眾的謝罪記者會，被批判是一種近似娛樂的公開處刑，不過說起來，無論是日本還是外國，處刑不都是在廣場進行的演出嗎？這是一場秀，是一種表演技巧。」

表演技巧。

這個詞令我想起帥男友在大庭廣眾之下向我謝罪的模樣。

「進一步來說是商業表演吧。死刑制度不是以儆效尤，是娛樂演出。大家都喜歡看別人道歉，尤其是看我這種得意忘形，認定自己一定做得到的傢伙道歉。既然這樣就必須下跪磕頭，盡量滿足大家才行。啊啊，不過實際上沒做到下跪磕頭的程度，適可而止就好。」

「……現在放棄還太早吧？」

我切入正題。

關於道歉這一方的視角，我和小扇，或者是和命日子、忍、日傘、八九寺等人熱烈討論過，不過關於被道歉這一方的視角，老實說令我覺得很新奇，也想繼續和她聊，繼續接觸她的哲學，不過說來可惜，已經來到目的地周邊了。那麼我必須在達成目的之前給她機會才行。

給她一個機會。第二次的機會。

「啊？你說的放棄是放棄什麼？」

「志願學校。妳剛才說已經換了，不過當年我在一月初的時候簡直是半死不活喔。啊啊，我說的是成績……但是就算從這裡開始，我也成功挽回頹勢……」

「…………」

不對，不是這樣。

隔著後照鏡從她的反應來看，我做錯了。

我明顯壞了她的心情。明明直到剛才都以一種得意洋洋的態度述說謝罪的美學，現在卻只是深鎖眉頭。

「不然的話，我也可以貼身擔任妳的家庭教師喔。不分晝夜，全天候二十四小時手牽手仔細教妳。」

我曾經向日傘提出這個方法，但我當時也是認真的。

這是別人對我做過的事，因此也是我能做的極限。雖然也可以說是最大限度的讓步，但我覺得兩者果然不同，而且實際上，這也是錯誤的答案。

「說的和那些人一樣耶。總覺得好失望。我還以為傳奇人物阿良良木會說得更有個性一點。」

落葉收起淺淺的笑容，卻依然以嘲笑的感覺這麼說。

「別放棄，好好加油，要努力，我都做得到，所以妳也做得到……和那些人說的一模一樣，分毫不差。」

「妳說的那些人是……」

聽到我明知故問，這個考生回答「那些人就是那些人」搖了搖頭。

「在校園開放日見到的直江津高中學長姊。無論是我認識還是不認識的人，都擁有多采多姿的經歷。各自不同而且各自精彩。有人曾經被病痛折磨，有人曾經一度輟學……」

「…………」

「可是，到頭來，他們說的都一樣。別放棄，好好加油，要努力，我都做得到，所以妳也做得到……錯了，我想要的不是這種話語。最認為我做得到的就是我自己。」

落葉說。

「就是因為我曾經毫不放棄加油努力，我才會這麼痛苦吧？早知如此，從一開始別這麼做該有多好……比起不做而後悔，做了再後悔比較好？說這什麼話，當然不可能好吧！因為會後悔啊！」

她突然想將上半身探到駕駛座，卻被安全帶限制動作。雖然我剛才那麼說只是藉口，不過看來她確實繫緊了。

不，考慮到落葉情緒這麼不穩定，我反倒應該讓她坐在兒童座椅吧。即使如此，我也已經充分達成目的。

「希望別為我聲援。希望別叫我加油。希望別要我努力。我在田徑社也是因為這樣才被壓垮的。我無法承受周圍的期待……從來沒有在正式上場的時候跑得比練習的時候還快。即使如此，我認為跑步鍛鍊的毅力，肯定也能活用在大學考試，實際上成績也進步了……卻比我預期的更早碰到瓶頸。傳奇人物阿良良木，你懂嗎？你懂自己對自己失望的這種感覺嗎？」

我經常這樣喔。雖然我這麼回答，但她好像沒聽到。我現在也正在對自己失望。

連一名苦惱的少女都救不了。

無法像我昔日被拯救般拯救她。

「愈是做不到，愈是如同挖苦般聲援我。簡直是詛咒……不，是命令。」

「……那麼，落葉學妹。妳想要的話語是什麼？」

我自己都覺得這是八九寺比不上的誘導性提問。我想從她口中套出決定性的自白……看到這種手法，擔任警察的我父母應該會搖頭嘆息吧。

「想要的話語嗎……我想想，在校園開放日，我洗耳恭聽學長姊們的演講，並且一直這麼想。只為了向父母解釋自己不是考個紀念，是依然真的想考而參加校友訪問會的那時候，我像是無止盡般這麼想。說什麼別放棄，好好加油，要努力，這種話語我都不需要。」

所以給我道歉。

為了你得到滿足，為了你的快樂，為了你的欣喜，為了你的得天獨厚，為了你站上顛峰，為了你的豐富，為了你的高姿態，為了你的從容，為了你的囂張，為了你的乾淨，為了你的整齊，為了你的笑容，為了你的速度感，為了你的連結，為了你的嬉鬧，為了你的搭肩，為了你的活力，為了你的高級，為了你的無須擔心，為了你的無憂無慮，為了你的溫柔，為了你的選擇自由，為了你克服的難關，為了你擁有明天，為了你擁有將來的夢想，為了你毫無不安，為了你的安心，為了你的更生，為了你的重新振作，為了你擁有朋友，為了你擁有女友，為了你擁有家人，為了你是男的，為了妳是女的，為了你的充實，為了你擁有意義，為了你達成目標，為了你的聰明，為了你的所學，為了你的積極，為了你的樂觀，為了你的中庸，為了你的進步，為了你可以呼吸，為了你的飽足，為了你解決的事情，為了你擁有的回憶，為了你的不好意思，為了吹起的風，為了你位居上風，為了你的耐人尋味，為了終將止息的雨，為了夜空有星辰閃耀，為了櫻花綻放，為了你抵達終點，為了你的努力伴隨著結果，為了你的好運氣，為了你的敏銳直覺，為了你的可愛要素，為了你的貼心，為了你受人拯救，為了你的邂逅，為了你和伴侶共度人生，為了你並非孤單一人。

為了你看似幸福的模樣。

為了你有物語可以述說。

「向我道歉。」

落葉這麼說──執法者這麼下令。

如同燃燒自己的生命。

「道歉，道歉、道歉，道

歉，道歉！」

彷彿以話語掃射。

彷彿以話語狂刺。

上洛落葉如同在朗讀六法全書的所有條目，要求不只一句的謝罪。

「……不好意思，落葉學妹。」

面對這麼鑽牛角尖的她，我如此回應。踩下煞車回應。

「我不會道歉。我先為了自己不能道歉的這件事道歉。」

「……？這裡是哪裡？不是我家吧……」

提出要求的她，完全沒把我像是雙重否定般矛盾的謝罪聽進去，停車之後的窗外陌生風景，只令她不知所措。雖然她缺乏危機意識到難以相信的程度，不過看來終於明白自己毫無戒心坐上在夜路搭話的陌生男性車輛有多麼冒失。只可惜為時已晚。

結果，我和那孩子可說是互為表裏——雖然和昨天小扇給我的驚喜有著相似之處，不過我在這方面實在比不過小扇那種「裏側」的表演能力，我現在抵達的目的地要說是驚喜也過於殺風景。

說穿了就是荒原。長滿雜草的平原。

即使沒設置禁止進入的看板，也沒有任何人會進入的空地。

「這裡以前有一間補習班。雖然因為不明原因失火，如今不留任何痕跡……但我曾經在那間補習班學到各種事。」

雖然在失火之前，在我知道的時間點，那間補習班就已經是等同於廢墟的建築物，但我依然學到很多事，這是可以確定的。

「所以……？阿良良木學長，不用教我功課沒關係的。因為我和你不一樣。因為我不是你。」

「不，妳是我。妳也是我的裏側。」

所以，妳應該學習。拿阿良良木曆當成負面教材來學習。

親身體會吧。

「裏側？哈哈，是要勸我走後門入學嗎？我終於聽到不錯的建議了……」

「請慢用，公主（Bon appétit, Princess）。」

這是特製的料理。

以最拙劣的調理方式，將最差的食材——最差的贖罪製作而成。

隨著我說出這句暗語，安裝兒童座椅的副駕駛座下方鑽出一個金色身影——速度快到連後照鏡都照不到。

只不過，到了她這種程度，要不要被鏡子照到也都能自由控制。尤其在認真的時候，絕對不會被照到。

就像是不想被我看見用餐場面，或者是久違取回夜行者的本分，金髮幼女不是朝著落葉的脖子，而是朝著腳踝咬下去。或許是顧慮到落葉留著鮑伯頭，萬一留下咬痕也能穿高筒襪遮掩。看來怪異之王也非常融入人類社會了。

然而即使會留意，卻不會留情。

一旦咬住就會吸食殆盡。

「呀……呀啊啊啊啊啊！」

女高中生發出像是遭受夜襲的哀號，實際上也像是被整個黑夜襲擊，不過車門從駕駛座這裡上鎖，她的身體也被安全帶固定，所以無處可逃。

「啊啊啊啊啊啊啊啊啊啊啊啊啊啊啊啊啊啊啊啊啊啊啊啊啊啊啊啊啊啊啊啊啊啊啊啊啊啊啊！」

她就這麼陷入恐慌持續哀號。

然而她束手無策，就像是接受蛆蟲療法，體內的「髒東西」和血液同時被逐漸吸食。雖說是「髒東西」，這也是組成她這個人的重要部分。

眼睜睜看著個性逐漸被消除。

法規體系逐漸被修正。

「啊啊啊啊啊啊啊啊啊啊啊啊啊啊啊啊啊啊啊啊——啊啊啊啊啊啊啊啊啊啊啊啊——啊啊啊啊啊啊——啊啊啊啊啊啊啊啊啊——啊啊啊啊啊——」

落葉頻頻以校鞋的鞋底猛踹金髮，不過這種正如其名的垂死掙扎，完全無法撼動幼女的食慾。幼女的貪婪彷彿在生吞般只增不減。

坦白說，我也可以在帶落葉上車之後立刻這麼做。以忍這種程度的美食家，反倒是只有素材的原味就足夠。畢竟白天在大學校內讓她忍耐那麼久，名為飢餓的極致醬汁早就淋滿了。

然而，我選擇了這個場所。

雖然比想像的還要荒蕪，稱不上是能欣賞浪漫夜景的時尚餐廳，但是對我來說，這個補習班遺址果然是特別的場所。

我想在這個紀念的場所，和妳一起這麼做。

「啊啊啊啊啊啊啊啊啊啊啊啊啊——啊啊啊——啊啊啊啊啊——啊啊——給——給我道歉！」

即使自身的存在從腳底受到威脅，落葉依然反覆這麼說。如同詛咒，如同厭惡，如同全盤否定，如同緊追不捨，如同懇求。

如同在享受報復。

「給我道歉，給我道歉，給我道歉，給我道歉，給我道歉，給我道歉，給我道歉，給我道歉，給我道歉——」

「——你們都給我步入歧途吧！」

終於安靜下來了，但是我的心依然持續躁動。

老實說，背負著滿滿自卑感活到現在的我，原本以為能夠更加理解落葉的心情……即使沒有直接的交集，也自大地認為身為學長的我或許能以話語開導她。

但是失敗了。

直到最後的最後都無法感同身受，直到最後的最後的最後，我對她抱持的反感，比她對我抱持的反感還要強烈……如果我還是高中生，是她的同學，我能否不使用這種暴力處置，而是以更好的方式拯救落葉？

能否以我自己救她自己？

沉浸在「認同延緩期（註14）」這個舒適環境只露出一個頭的我，或許已經無法理解高中生的想法或是內心的煩惱與鬱悶。如果把我的頭也壓下去，應該說得出不同的話語吧。

考大學的那段時期明明肯定很痛苦，卻不知為何完全變得像是美好的回憶。考生像是刀割般切身的煩惱，我為什麼會覺得像是微不足道的小事？成績進步幅度不理想的苦惱，變更志願學校的挫折，是這個年紀常見的問題嗎……？

因為變得高明，所以把笨拙看得很笨拙？明明我至今也肯定活得比任何人都笨拙……真要說的話，明明變得比以前還要笨拙。

只不過，這種想法更只是一種往日情懷……不是美好的回憶，甚至只是美化那段回憶。高中生的我，對於黑儀與老倉，或是對於神原、千石與八九寺來說，並沒有成為多大的助力。

註14　心理學名詞。長大成人之前進行自我探索的緩衝期。

所以並不是退步。

只是沒有順應年齡成長罷了。

即使升學也無法進化……自己依然是自己。

法律沒能改變「我是我」的事實。

我聽著身後傳來像是把記載著嚴謹法律的六法全書整本吞下的咀嚼聲，在導航系統輸入從日傘那裡打聽到的落葉家住址。

給我步入歧途吧。

即使是如同將受挫少女的悲嘆濃縮到極限，令人會心一笑的這個心願，今晚的我也不能回應。

030

「這次說了好久。

雖然說了各種像是說教、像是解釋的話語，不過這一切與那一切都只不過是往事。討厭道歉，覺得向人低頭是一種屈辱的我，其實現在已經不存在了。

記得叫做『妖魔令』？

無論有沒有這種怪異，我想我遲早也會向你道歉。怪異現象終究只不過是一個契機，只是這種程度的事情吧？

體弱多病蘿莉時期的我，國中時代在田徑社大顯身手的我，高一高二是深閨大小姐的我，高三更生之後的我，到頭來都只是我自己。

我就是我，這個事實無法改變。

如今成為大學生的我，或許願意對重蟹，更正，對母親道歉也不一定，不過四年後成為社會人士的我，肯定會覺得這種感傷很丟臉，或許會滿地打滾，把這件事當成沒發生過。

這種像是黑歷史的往事，你會告訴好友斧乃木余接小妹嗎？

還是告訴……互為表裏的忍野扇學妹？

如果不是黑，是闇……

那麼，無聊的分手話題就在這裡拍手告一段落吧。立刻進行下一個議題吧。

對我來說，這才是正題。

曆，你搬到小育隔壁的這件事，我應該沒聽你說過……如果不介意告訴我，我就聽你說吧？」

031

「這次的終章，應該說這次的結尾，阿良良木學長，您覺得如何？如果不介意告訴我，我會聽您說喔。」

隔天，連續兩天在老家過夜，一大早就開車要到大學上課的我，突然被這個聲音從背後搭話。我從後照鏡確認，坐在昨晚落葉所坐的位子，而且不用說當然繫緊安全帶乖乖坐好的，是身穿立領學生服的男生——忍野扇。

小扇在最後登場，令我感覺這次真的是壞結局。如同明明是清晨卻完全沒有天亮徵兆，很想打開遠光燈照明般前途無光。

雖然說是「結尾」，我卻無法安心沉浸在感慨之中。

他到底是什麼時候怎麼上車的？

車頂該不會放了一輛ＢＭＸ吧？那裡是放衝浪板的場所喔。

「就讀大學之後在人類層面有所成長的阿良良木學長，對上區區一般人的女高中生，對上區區一般考生的女高中生，應該是輕鬆獲勝吧？」

「……玩笑話就免了。」

即使小扇說得像是在挑釁，我也不想理會。經過一個晚上，疲勞依舊完全沒消除。若要以成長舉例，我覺得一個晚上像是老了三百歲左右。

「我自認沒有小看對手，卻捏了一大把冷汗。我後來聽忍說，那是連她那個大胃王都會吃到膩的龐大怨念。」

即使忍有一段空窗期。

我不擅長對付的怪異，果然也是忍不擅長的領域……不對，也不是這麼單純的問題。

居然只能以這種方式解決，我非常討厭這樣的自己，如此而已。是否能有更不一樣的結尾？我無論如何都會一直思考這件事。

「哈哈，不是最好，而是比較好的解決之道是吧？」

「應該說，感覺這是免於進入最壞結局的壞結局。稱不上是玩笑話的負面結尾。雖然實在不敢斷言救了某人，卻至少迴避了最差的後果。」

我已經在昨晚確認了這一點。

我在老家聯絡之後，發現無論是黑儀還是老倉，都好像完全不記得先前的騷動。不，這麼說聽起來很像是ＢＬＡＣＫ羽川記憶被封印的那種狀況，然而絕對不是這麼回事，她們起碼記得那段（無意義的）互動本身，態度上卻彷彿認為這是微不足道的小事，覺得我居然清楚記得這種一點都不重要的閒聊內容。

這才真的令我摸不著頭緒。

事情都過去了，如今還在翻什麼舊帳——她們完全是這種態度。

這件事到此為止吧，別的事情更重要。

「關於命日子與帥男友，我打算抵達大學之後試探他們一下……不過依照這種感覺，受到妖魔令影響的直江津高中畢業生，大概都會是這種狀況吧。」

「很好，認定事情到此為止，不就是謝罪原本的用處嗎？」

「……你說的真是發人深省。」

或者是令人墮落。

像是老倉，我原本擔心等她回復正常，會為了曾經向我低頭的這個行為而氣得做出天大的自殘行為，不過看起來完全沒這回事。反而氣沖沖叫我沒什麼重要的事情就別打電話給她。

和黑儀分手的那件事也不了了之。

「這兩個傢伙都同樣缺乏自覺，一副『我只是謹慎遵照法律才會那麼做』的態度，而且遵照的是『那時候』的法律。說得愈久就愈像是雞同鴨講。不過落葉學妹也是半斤八兩……」

即使是成為執法者的她，也並不是充滿惡意想要毀掉校園開放日見到的學長姊人生。雖然充滿憎恨，充滿自卑感，充滿憤怒，卻沒有充滿惡意。

反倒是空虛。

無意識，無自覺，而且無責任。

只是在內心默念……憑著怨念。

或者是憑著觀念。

「以法律用語來說就是『善意的第三人』嗎……老實說，我現在也很害怕，怕到發抖。那種『看似平凡的孩子』，居然對於戰場原黑儀與老倉育，對於我人生當中無人能比的『特別的人』擁有那麼強大的影響力……這個世界真大。」

但這不是回到家鄉該說的話。

雖然剛才脫口提到那個名字，不過這次造成的「被害」程度，該不會是黃金週的BLACK羽川等級吧？像是最後也幾乎只能進行相同的處置……

「只是因為沒眼光的我看不出來，落葉學妹其實是羽川等級的女高中生嗎？也就是擁有現代考試制度無法挖掘的特別才能……」

「任何人都會是某人心目中特別的人，我個人也喜歡這種想法，不過事實上也可能反過來喔，阿良良木學長。」

不是反過來，而是翻過來嗎？

小扇說完咧嘴一笑。

「換句話說，特別的人會被普通的人拖下來。再怎麼偉大的人，面對大眾的評判或是民意的壓力，不是都很無力嗎？人氣王會被人氣影響，獨裁者會被時代潮流諷刺。六法全書不也是充滿陷阱嗎？充滿各種叫人失敗，叫人道歉的願望。阿良良木學長心目中很特別的老倉學姊，在一年三班那時候被拖下班長寶座，還被逼到拒絕上學，就是班上普通同學們的全體意見造成的吧？」

「…………」

「假設上洛落葉是『隨處可見的普通女高中生』，那她不就比暗殺者恐怖得多嗎？『隨處可見』——簡直是妖魔鬼怪喔。」

確實，她這樣的人肯定在任何地方都找得到……在高中，在大學，在社會，在家庭，在原野，在草根，在草葉後方，在任何地方都找得到她這樣的人。將那種程度的憎恨發洩在毫無關係對象身上的人。

雖然說得像是置身事外，不過曾經是「隨處可見的普通男高中生」的我，也具備這種要素。

落魄吊車尾之後，擅自認定沒落魄的優等生們是整天唸書的討人厭菁英……雖然也是因為內心留下一年三班的陰影，但是那時候的我為何那麼惡狠狠地瞪著他們與她們？

雖然自以為被排擠，但其實我沒有注意到本應是同路人，在我的同學之中肯定也不在少數，像是上洛落葉這樣的學生，就只是逕自讓內心的自卑感膨脹。認定自己是「一個人」，認定大家是「一群人」。

即使沒有經歷過地獄與惡夢，我也會懷著比吸血鬼更像妖怪的心態，一直數落抱怨那些升學學校的菁英們吧。

上洛落葉甚至不是代表人物。

只是憤怒群眾的其中一人。

「連吸血鬼都無能為敵是吧……一點都沒錯。雖然和日傘以及女子籃球社學妹們交流的時候也體認過，但學校真的有各式各樣的人，只是我沒察覺罷了。」

「而且也有各種不同的怪異。學校怪談不會只有七大不可思議喔。有多少人就有多少不可思議，地球有七十七億的不可思議。人類還真是備受考驗。」

小扇說。

昨晚刺激到發麻的那場對決，我不希望他這麼輕易總結……不過我記得⑤是試探行動？

「我從八九寺那裡聽過第五個假設，不過到頭來，正確答案當成是④命令系統就好吧？」

「這可不一定。但是對於阿良良木學長來說，當成是這樣不就好了？」

不知為何，他居然說得話中有話。

「說起來，小扇，記得你沒強烈推薦④這個選項吧？」

「不不不，如果我沒有由衷推薦，那我連說都不會說。不是這樣的可能性也非常充分，這可是我拿手絕活的相對化喔。與其說是拿手絕活，不如說是絕活之一吧。

阿良良木學長認定戰場原學姊與老倉學姊不可能道歉，但是請別忘記，那兩位特別的人也是隨處可見的人之一。這次騷動的元凶是怪異，反倒可說是一種幸運吧。」

小扇這段話像是在說，不是地獄也不是惡夢的這種小風波，在今後的人生不知道會發生多少次。真的是試探般的說法。

「哈哈，就我來說，阿良良木學長做的事情才真的是⑤試探行動喔。您這樣就像是有人前來道歉的時候，說『但你不認為這麼對不起我吧？』，或是『你正在心想，明明大家都在這麼做，為什麼只有自己被氣成這樣對吧？』，或是『知道我為什麼生氣嗎？說說看你哪裡不對吧？』這種話，想讓對方不小心失言。」

聽到小扇這麼說，我無話可說。

也沒有道歉的話語可說。

「不是因為做錯事而生氣，是因為做錯事卻隱瞞而生氣……雖然經常聽到這種說法，不過關於戰場原學姊與老倉學姊的事件，這次可說是阿良良木學長暗中隱瞞成功……我不會說這是栽贓，不過這是抹黑，是裝死。說不定您朋友的事件也不例外。把男女之間的糾紛巧妙推託給怪異。基於成功找到犯人的意義來說，這是推理小說的大團圓。」

「……………」

「看來我說得過於壞心眼了。那我由衷謝罪。請放心，反正以您的個性，或許會擔憂上洛落葉的未來，從今以後經常回家鄉探望她，不過要是大學生不經由他人直接對女高中生這麼做，幾乎就是犯罪了。所以接下來請交給我吧。」

「唔……」

聽到小扇像是不把我當一回事的這個提案，我有種被迫交出任務的感覺。關於上洛落葉，我確實不打算就此結案。

即使修正惡法，廢除惡法，只要鬱悶累積到某個程度，只會再度發布類似的法律。如同昔日即使壓力已經被美味享受，ＢＬＡＣＫ羽川也沒有消失。雖然下次的目標不會是就讀曲直瀨大學的直江津高中校友，就算這麼說，那種等級的災難也不能置之不理。

無論怎麼想，我都不適合擔任家庭教師，實際上以這種形式應該幫不上忙，即使如此，我身為學長，身為人類，肯定還是能做一些事。就算無法感同身受，也可以甘苦與共。

「就說不可以了。您這麼做會是犯罪喔。聽到您把上洛學姊監禁在這輛車上的時候，我真的嚇得半死。」

「我快畢業的時候也被做過同樣的事。被關在車上，被安全帶牢牢綁住，然後被帶著到處跑。」

這件事的謝罪也不了了之。

不過，也因為彼此是高中生，這件事才能不了了之。

「讓女生坐後座是我的傳統……不過就算這麼說，居然要我將腳踏車雙載的傳統交給你……你的意思是說，先前讓我站在腳踏車後座是一種繼承儀式？明明假裝自己那麼忙……你在打什麼鬼主意？」

「哎呀哎呀，居然說這種話。阿良良木學長做不到的事情由我來做，和您互為表裏的我，從以前就是肩負這個職責吧？」

「……我不記得依賴過你這種事。」

「別這麼說，請依賴我吧。沒什麼啦，畢竟我崇拜的神原學姊，也即將看見名為畢業的終點，所以我也差不多該思考未來該怎麼做——得決定出路才行。您想想，雖然您說不記得依賴過我，但您先前不是要我依附在日傘學姊身上嗎？」

「這我確實說過……但是不要挑我的語病好嗎？」

「這是最後一次跟在阿良良木學長的屁股後面跑，也是最後一次幫阿良良木學長善後了。既然升上最高年級，我也要擁有相應的自覺才行……可不能永遠毫無自覺喔。我要效法阿良良木學長，更勝於阿良良木學長，不只是日傘學姊……還要照顧直江津高中的全校學生。」

「全校學生……」

「也包括阿良良木學長沒能顧及的學生們。哎呀哎呀，回想起來真的是害您擔心了。至今說得那麼囂張，對不起。」

我覺得小扇不是害我擔心，而是造成我的困擾，不過他裝模作樣低頭了。這麼沒有歉意的謝罪也很稀奇……我因而無法認為這是一種表演。

「人只能自己救自己——或許叔叔說得沒錯，落魄的吊車尾無法拯救。不過如果是要掬起從指縫滑落的學生，我覺得還是做得到的。和隨處可見女高中生的內心黑暗相伴，您不覺得這份工作很適合交給隨處可生的『闇』嗎？」

這不是工作，是興趣喔。如此回答的我一邊失笑，一邊想親眼看他以什麼表情說出這種話，在等紅燈的時候轉身看向後方確認……發現「闇」忽然消失得無影無蹤，只留下依然繫好的安全帶。

我嚇了一跳，將視線移回後照鏡，但還是一樣。

如同一開始就不存在，或者像是計程車的怪異奇譚，忍野扇從我的面前——從我的身後消失了。還是說，我自以為一直在和他對話，其實他從一開始就不存在？

沒被鏡子照到的時候是認真的……嗎？

我靈機一動確認導航畫面，現在位置是剛好進入鄰鎮的區域。小扇明明不是掌管城鎮的神明……說不定，如同忍野忍選擇被我的影子束縛，忍野扇選擇被直江津高中束縛。

代替再也無法做出這個選擇的我，選擇和少年少女相伴，成為照亮他們內心黑暗的闇。

若是如此……

「明明相信將會永遠和你互為表裏……你的背叛害我內心好寂寞。」

就像是要甩掉這份惆悵，明明沒人拜託，我卻隨口朝著母校的學弟妹們說出「節哀順變」這句話……但是沒問題的，不必擔心任何事。

雖然有時候會像是找碴般糾纏不休，不過「闇」是和「愛情」互為表裏的另一面。

第七話　扇・班機

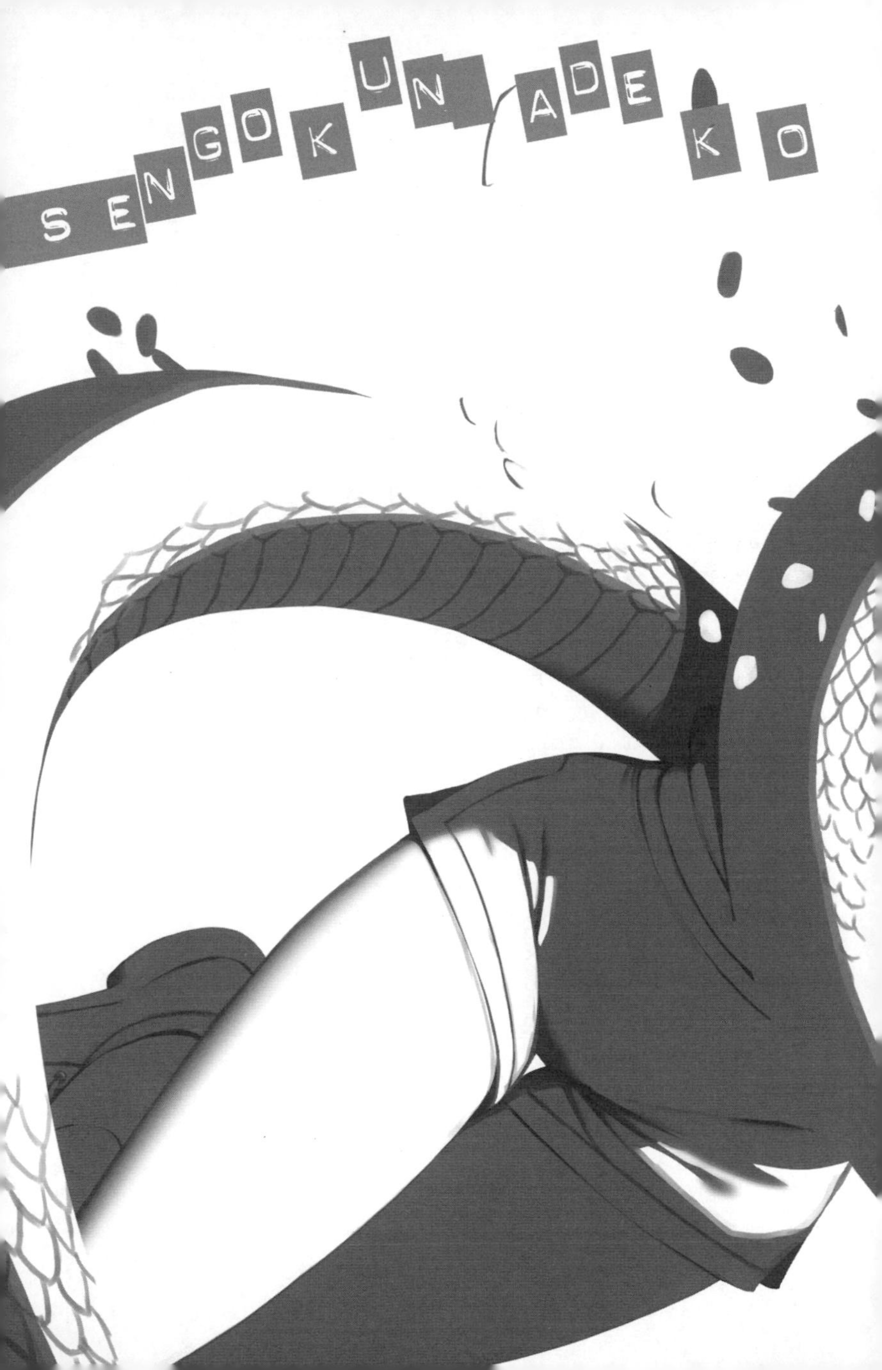
SENGOKU NADEKO

001

關於洗人迂路子，表面上幾乎沒有已知的情報。這不只因為我是個無知愚昧之徒，對於絕大多數的人來說，她是真面目不明的歧路亡羊。連她要從何說起都是歧路亡羊。

有人說是操蛇師。

有人說是慾望如渦的盤蛇。

有人說是擁有五顆頭的大蛇。

說到少數僅有的情報，都是這種不知道可以照單全收到什麼程度——囫圇吞棗到什麼程度，真假不明的傳聞。

每次以為掌握到實體，就會像是鰻魚般溜走，只有蛻皮後乾巴巴的死皮留在手心。沒有解答也沒有手感。剩下來的盡是皮膚殘留的鱗片痕跡或是毒牙齒痕。即使爬遍各地尋找，迂路子也比野槌蛇還要深藏於草叢，沒有線索也沒有蹤跡，藏頭也不露尾，徹頭徹尾的蛇頭蛇尾。

即使如此，我們還是非得找出來才行。

不是找出蛇窩，是找出蛇的大本營。

她至今種種稱不上是專業手法的殘忍行徑，如果有人明知如此卻佯裝不知，可不是再三道歉就能解決的事，也不是能被原諒的事。

002

「第一個來探望我的朋友會是誰呢？我一直在想這個問題……沒想到居然是妳耶，好可愛好可愛的撫子。我自己都對毫無人望的自己感到失望。」

在病床上劈頭就說出這種話的哭奈，是破洞百出的狀態。

這裡的「破洞百出」不是比喻語無倫次滿是破綻的意思，是正如字面所述的形容詞。哭奈的臉、脖子、鎖骨、胸口，還有手臂手掌與手指，都開出一個又一個的洞。

貫穿身體看得見另一側的洞，不規則地滿布她的全身。罹患密集恐懼症的人看見她應該會昏倒。

與其說哭奈身上有許多洞，不如說哭奈的身子鑽進許多洞之間。

雖然看不見，但她所穿病患服底下的軀體，或是病床被子下方的雙腿肯定也是同樣的狀況。仔細看也看得見單薄的被子各處凹陷成那種形狀。

如果刻意要比喻，而且是以輕率的方式形容，那麼她的身體就像是輕量化的迷你四驅車。雖然比不上昔日被重蟹夾住的戰場原小姐，但她的體重應該變輕很多？

這當然不是真實存在的洞吧。

「真實存在的洞」這種說法是一種矛盾的比喻（我想到小忍愛吃的甜甜圈。「吃甜甜圈要把洞留下來」這樣），不過全身被這麼多洞貫穿的人類不可能活下來……即使貫穿的洞減半，減到四分之一都不可能吧。

依照部位，只有一個洞也不可能活下來。

因為，比方說她的眼珠開了一個洞，看得見背後的牆壁耶。像是脖子，洞多到幾乎連一片皮都不剩——如果說成像是被巨大拳頭打穿全身各處的震撼感，以我拙劣的形容能力也能讓各位聽懂嗎？

我不擅長以言語形容。畢竟口才不好的時代太久了。

順便容我修正前面說到的一個部分，覆蓋哭奈全身的洞，仔細看會發現並非完全不規則分布。雖然位置看起來零散，不過一定是每兩個洞等距離成對分布。

兩個洞。

會想到某個東西對吧？是的，如同那個人脖子上的吸血鬼咬痕。

不過在這個場合不是鬼牙，是蛇牙。

擁有巨大尖牙的巨大蛇胡亂咬遍各處……人類的身體才會變成這樣，才會變得像這樣滿是孔洞吧。只不過正常來說，在這之前應該早就丟掉性命了……

將性命丟進洞裡。

昔日我被蛇詛咒的時候，全身上下都覆蓋鱗片的痕跡……當時對我下咒的哭奈，我的朋友遠吠哭奈的現狀就是這種感覺。

畢竟俗話常說，咒人會有兩個洞（註15）。

不過實際上，沒有實體的洞何止兩個……即使把兩個當成一組，大概至少也被咬了一百下吧？

換句話說，咒人會有兩百個洞。

「撫子，妳怎麼站在那裡不動？來坐吧……妳應該不只是來看我吧？」

雖然態度冷淡，不過哭奈還是邀我坐在椅子上……這下子不能掉以輕心了。因為哭奈是邀人坐在椅子上，卻在對方要坐下的時候拉走椅子的那種朋友。

我確實不只是來看她……但我不敢明說因為她全身都是洞，所以我連她的一半都看不見。

「身體……還好嗎？」

我慎重以雙手抓穩摺疊椅的椅面坐下，並且這麼問……問長期住院的患者這種問題不太好，但是看見她全身的洞多到遠遠超乎預料，我實在忍不住這麼問。

註15　日文諺語的直譯，完整的解釋是如果詛咒別人去死，自己也會遭到報應橫死，所以需要兩個當成墓穴的洞。也就是害人害己的意思。

「哎呀，真意外，撫子居然會擔心我……我一直以為妳是來報復的。」

看她笑得有點自嘲卻說得這麼刺耳，著實令人想起她以前的個性。

「完全沒事喔。沒事又健康。因為我不是受傷住院，只是覺得狀況不太好。我恍神如同在做白日夢的時間變長……才會住院以防萬一罷了。」

就算這麼說，我也不能接受她的回答。白日夢嗎？

宛如白蛇的白日夢……看來她至少沒有自覺症狀。

明明不只是受傷這麼簡單。

「咦……撫子，妳剪頭髮了？」

哭奈像是事到如今才發現這件事。

以她一年前的作風，應該會裝出挖苦或是高姿態的語氣說「因為我沒興趣，所以這麼晚才終於發現」，不過看來這次沒這麼做。

從瀏海留長到能遮住臉的髮型成為現在的超短髮，千石撫子的這個變化，她必須靠這麼近才看得見也是在所難免。因為她的眼睛現在是空洞。

與其說是空洞，應該說是風洞，是蛇洞。

我也很驚訝她看得見。

「嗯……發生了各種事。」

「是喔……這樣不錯耶。」

哎呀。

雖然聽起來愛理不理，但我居然得到哭奈的稱讚……看到剪頭髮的朋友，幾乎肯定會按照定例說出「以前那樣明明比較好」這句話的女王大人卻做出這種反應，真是想不到。

或許是醫院這個環境令我這麼覺得……然而即使不提滿是孔洞的全身，她看起來也好像沒什麼力氣。

說到哭奈的形象，無論是住院還是做任何事的時候，都會把頭髮梳理得漂漂亮亮的……但她現在頭髮毛燥，髮尾感覺也沒有修齊。

滿是分岔。

明明即使面對相當瞧不起的我，也不會忘記打理好門面，她卻以一副羸瘦的樣貌，連尺寸不合的病患服都沒穿好就准我進房……穿學校運動服來探望的我這麼說也不太對，但她即使身披厚斗篷而且手持權杖也不奇怪……我回想起她開頭的第一句話。

我是第一個來探望的朋友。

考慮到時間點，哭奈應該是在去年六月左右住院……至今完全沒人來過？

哭奈平常明明被那麼多跟班……更正，被那麼多朋友環繞啊？

「讓我仔細看一下……頭髮。」

哭奈說著對我招手。

居然在這個距離說這種話，眼睛果然看得不是很清楚嗎……如此心想的我，拖著椅子朝病床接近十公分左右。

哭奈目不轉睛盯著我看。

超短髮有這麼稀奇嗎？我如此心想，不過哭奈好像不是在看頭髮，不是在看我不復在的瀏海，而是我剪掉頭髮之後清晰外露的臉蛋。

「真的……非常棒。很棒。好養眼。」

哭奈像是獨白般輕聲說。實際上，這也應該是自言自語吧。並不是在對我說話。

「很棒，很棒。很棒……好可愛。」

「…………」

「我看得著迷了。我與有榮焉。妳是我引以為傲的朋友。」

哭奈與其說是陶醉，不如說維持恍神般的模樣繼續呢喃。

「相較之下，我真是……」

說到這裡，哭奈開始以雙手摸自己的臉——滿是孔洞的臉。指尖該不會完全插進孔洞吧？旁觀的我忐忑不安。

要是動作這麼粗魯……

「居然像這樣完全沒化妝迎接妳來訪，我好丟臉。在學校，我明明那麼努力打扮，讓自己和妳相比也毫不遜色，我果然要有撫子在身邊才行……不然就會一口氣鬆懈下來，變成這副模樣。」

她說的「這副模樣」應該不是現在滿是孔洞的模樣吧。不過，頭髮毛燥以及病患服沒穿好的原因，她說得像是因為我沒在她身邊的關係，令我大吃一驚。

從她憔悴的模樣，應該將這段話視為喪氣話嗎？還是她從孔洞洩漏出來的真心話？

像是直笛那樣。

「撫子，妳覺得我活該嗎？」

大概是將我慌張的心情解讀錯誤，哭奈這麼說。

「還是單純覺得好笑？以往欺負妳的我，如今居然變得這麼落魄。我原本以為是莫逆之交，聊戀愛話題聊得那麼開心的班上同學，現在卻聊我的壞話聊得很開心。」

我以往果然被欺負了。

我當時不想承認，所以假裝沒察覺就是了……然而即使聽她這麼說，我也不覺得她活該，沒有這種想法。

老實說，聽到哭奈住院的時候，我不敢說自己沒抱持這種像是期待的猜想，覺得自己或許會有這種心態，不過實際看見滿身孔洞的哭奈之後，這個不太明顯的想法就消失了。

雲消霧散，令我不敢領教。

無論這是天罰還是神罰，我不曾期待也不曾預料到會是這麼劇烈的懲罰……坦白說，和她相比，我先前受到的詛咒還算是初學者等級。

她受到的懲罰居然這麼高階。

「妳……妳說莫逆之交聊妳的壞話聊得很開心……這可不一定吧？妳想想，說不定大家只是摺一千隻紙鶴花了太多時間……」

我連忙以這種愚蠢的話語安撫。

「我在社群軟體帳號有開追隨。那些人在主帳與副帳都恣意說得很難聽。」

但是哭奈做出了更愚蠢的追隨行為……絕對不能看這種帳號才對喔。

反過來說，哭奈的莫逆之交們，已經抱著被看見也無妨的心態，在公眾場合紛紛說她的壞話……將昔日的女帝權力視如糞土。

就某方面來說就是露出獠牙吧。

這可不是讓人心胸舒暢的話題。

不過哭奈心胸的通風程度肯定很舒暢吧。

「只不過，最近也完全沒發文說我壞話了……看來班上的大家都忘記我了。是被當成一開始就不存在嗎？」

說起來，這段期間重新編班了。

哭奈在這方面或許沒什麼感覺……可能是一直待在同一間病房，對時間失去知覺……畢竟我大約一年沒見過她了，她卻沒對我說「好久不見」。

語氣聽起來像是暑假剛過。

也可能是連假剛過。

「別離題。妳其實覺得我活該吧？我不會生氣，妳說說看吧。說出來或許會比較舒坦吧？快點快點，反倒是妳不說的話，我可能會生氣，這種緊張的時間一直持續下去不是比較難受嗎？讓彼此舒坦一點吧。如果試著說出來，妳或許會發現自己其實一直都有這種想法。」

為了誘導我自白，哭奈開始逼問了……唔……

我真的真的不覺得她活該，但如果我不怕誤會，刻意說出自己的想法，那麼我或許覺得和我想像的不一樣。

借用她自己說過的話語就是「失望」。

哭奈身上的洞再多一點該有多好！我當然不是這個意思……我認識的哭奈，即使在這種困境也會耍帥……應該說會展現威風凜凜的一面，這才是我期待的部分，看來我內心懷抱著這種想法。

我以為她會展現出不把蛇咒看在眼裡的堅強模樣……不是這種煞有其事的餘痕，明顯偽裝的門面，或是屈居劣勢的虛張聲勢。

我知道這是在強人所難。（雖說沒有自覺症狀）如果她全身上下都是洞卻依然活蹦亂跳，反而會很恐怖吧。

不過，我還有上學的那時候，從哭奈身上感受到的，正是這種非比尋常的恐怖。堅定不移，屹立不搖，穩重不倒。

無論是點頭之交還是親朋好友，只要膽敢忤逆都不會原諒。

若問是否活該，老實說，我不想看見女王大人的這副模樣。想到她至今對我的所作所為，我沒有道理同情她，卻覺得她很可憐。

看到她這麼軟弱的模樣，甚至會在意她或許一直在害怕某些東西……為什麼她的莫逆之交都像這樣翻臉不認人？

「話說撫子，聽說妳現在也沒上學？明明沒在住院啊？果然是我害的？」

喔，不愧是不遺餘力仔細收集情報的女王大人，打聽得真是清楚。居然知道我這種人拒絕上學的消息，抱歉弄髒了您的耳朵。

「唔～～應該不是……吧？」

「什麼嘛，意思是和我這種人無關？」

看來我壞了女王大人的心情。這位大人真難相處。與其說難相處，應該說愛折磨人……不過，事實上不是這樣。

我拒絕上學的原因與元凶，完全是我自己……至於哭奈，追根究柢或許是遠因，不過假設我自己沒被蛇詛咒，反正到了年底也很可能發生類似的事件。

以最壞的狀況，現在在病床上全身是洞的人或許是我……基於這層意義，如果我覺得哭奈活該，那我根本就找錯對象了。

我們是一丘之貉……更正，一穴之蛇。

俗話說物以類聚，但我們是蛇以類聚。

「我不會說和妳無關，但是我們的關係早就毀了吧？」

「哎呀，撫子，妳不再自稱『撫子』了嗎？明明那麼可愛，明明嬌滴滴可愛死了。」

哭奈露出挖苦般的笑容（牙齒與舌頭都開了大洞）這麼說。

「明明當年用妳天生的可愛，將全學年的男生迷得神魂顛倒。」

「……妳說『全學年』應該太誇張了吧？」

「也對，或許頂多就只有寸志同學吧。」

寸志同學？他是誰？

我這個想法完全寫在臉上。昔日我能以瀏海遮住臉，但是現在的超短髮，連我疑惑皺起的眉頭都遮不住。

短髮藏不住七大不可思議。

不行，這樣會惹得女王大人不高興……寸志同學寸志同學……聽她這麼說，我好像在哪裡聽過這個名字……依照剛才的對話流程，推測恐怕是「全學年的男生」之一……

「啊！」

「啊什麼啊，妳喔……說得像是突然想到一樣。妳為什麼會忘記曾經向妳表白的男生？」

「我……我只是忘了他的名字啦。就算突然聽妳這麼說……不過我記得他的姓氏，是砂城同學吧？」

我像是掩飾般這麼說，卻絕對不是在搪塞……我一直以為自己記得這個人的全名。直到不久之前。直到現在的現在。

只是一時健忘而已。

只是被哭奈的現狀震撼到，一個不小心沒想起來——神經突觸沒連結。我沒有騙人，因為說起來，這時候提到他的名字，對我來說絕對沒有出乎意料。

因為我被他表白的這件事，是想躲也躲不掉的爭鬥火種。

「可……可是總之，那比較像是在開玩笑。就算他向我表白，也只像是旁人要他去捉弄我這個性格陰沉畏首畏尾不善言辭的害羞女生，是惡意的產物。」

「居然說是惡意的產物，妳對男生的看法才過於充滿惡意吧？撫子妳就是有著這一面喔。有著這麼可愛的一面。聽我這麼說，妳又要害羞了嗎？」

「不……該怎麼說……」

和害羞不太一樣，但我畏縮將視線移到毫不相關的方向。雖然也是因為無法直視哭奈，但我真的從她這段話，清楚回想起低著頭以瀏海遮掩自己又不善言辭的害羞時代。

「所以妳拒絕了？因為是惡意的產物？但妳好像沒有給寸志同學一個明確的理由？」

「不～～……該～～怎～～麼～～說～～……」

以前有人問過相同的問題，我記得當時回答「我之所以拒絕，是因為有其他喜歡的人」（這是令我吃不消的一段記憶），不過要是在這裡回答同一句話，哭奈恐怕會說「這是在說誰？是誰？好了妳就說說看吧」逼問我。

我不是來被逼問的，也不是來感受恐懼的心情。

「妳……妳想想，關於叫做寸志的那個同學？我早就知道妳喜歡他。雖然我備感榮幸，但是卑賤如我實在沒資格成為這種男性的對象，所以我基於這份自知之明婉拒了，這才是真相……」

不妙。

阿諛奉承的老毛病犯了。

明明單純只是低著頭想撐過暴風雨，卻有人會把這種卑微的態度當成可愛，進一步來說是當成諂媚……寸志同學就是這種人，哭奈也是。

居然被當成諂媚而討厭。

真是禍不單行。

「……就是這種態度令我火大，我才會對妳下咒。妳不懂嗎？」

「不，我現在獲得啟蒙了。哭奈的教誨依然這麼火熱打動我的心……」

就說不是這樣了。

我並不是想重新建構以前的這種關係……這是哪門子的災後重建？這只能叫做白費力氣。

那麼，接下來就得說到我來這裡的目的，這個話題正是問題所在。

「不，這是真的。撫子，妳像這樣低姿態看待我，我實在受不了……想到妳這傢伙自以為巧妙把我玩弄在手掌心，我就氣得不得了。可是……」

可是？

我一直以為哭奈會這麼責備我一小時左右，她卻意外地這麼早就使用轉折的連接詞。

「現在這種事已經變得一點都不重要了……我搞不懂以前到底對妳的什麼事這麼火大。就像是原本裝滿怒氣的忍耐袋變得空空如也……」

「…………」

那個忍耐袋大概是開了洞吧。

情感無法累積在體內，像是蓮蓬頭般從孔洞流出……結果就成為她現在全身孔洞，空空如也的印象。

這麼一想，我不禁差點變得情緒化……更正，變得感傷。

「是的，所以雖然那件事是妳的錯，但我決定原諒妳。」

聽到她這段毫不在乎的發言，我受到像是被揮拳重毆的震撼。我還以為真的被打了，差點連同摺疊椅摔個四腳朝天。

差點做出這種像是綜藝摔的反應。

這傢伙是說真的嗎？

明明把我逼入困境，逼入絕境，最後蠻橫不講理地詛咒我，精心將身體的痛苦與心理的痛苦調合到那種程度，但她不只沒道歉，還寬容地說要原諒我……？

我還以為自己的超短髮全部倒豎了，像是逆鱗那樣……不只是逆撫子，我瞬間差點有可能搖身變成神撫子。

我果然不擅長應付她。

反倒該說討厭她。

即使變得像是這種空殼，變得像是蛇褪皮之後的空殼，人類的本質還是不會改變嗎？

不，站在對方的角度，我應該也一樣吧……即使剪短頭髮，多少變得堅強，說話變得會看著前方，在對方眼中終究是「沒有我就什麼都做不來的撫子」也不一定。

我剛才一時鬼迷心竅，說什麼想看哭奈以前威風凜凜的模樣，不過實際面對她這副模樣，雖然威力大打折扣，我卻還是受到重創……好吧，我就吞下去吧。

把這份痛苦囫圇吞下吧。

忍人不能之忍方為忍。我的忍耐袋也差不多都是洞了，正因如此，所以差不多該換新才行。

我這次前來並不是要她認錯。那麼，說到我前來的目的是……

「……哭奈，我有一個請求，可以嗎？」

「嗯？」

哭奈歪過腦袋。滿是孔洞的脖子做出這種動作，感覺腦袋好像會掉下來，我內心忐忑不安。

「來自妳的請求，真令我懷念……記得妳對我提過各種無理的要求。好吧，我就聽聽妳怎麼說。什麼事？」

只要有人拜託，不聽內容就一口答應的豪爽大姊大風格……這麼說來，我以前就是喜歡她這一點。

內向又消極的我，一直依賴著她。

我和這位女王大人，應該說和這樣的大姊，確實有段時期相處得很順利……我提醒自己別忘記這件事。

「讓我用妳當模特兒畫一張圖吧。我現在立志想成為法庭畫家。」

說完，我取出素描簿。

003

我離開住院病房大樓，稍微迷路之後，在下樓途中的階梯平臺看見斧乃木小妹在等我。這個眼罩女童等我的場所真獨特。她身穿背部大幅鏤空的大膽洋裝，令人誤以為是來慰問病患的香頌歌手，實際上則是面無表情的人偶，不過看到她這張臉會令我鬆一口氣。

「辛苦了，撫公。」

對於語氣像是讀稿的這句慰勞，我回應「嗯……辛苦我了」並且下樓。

「原諒不道歉的對象，原來會這麼痛苦。或許比全身被蛇勒住還要痛苦……我一直不知道這件事。」

「不用原諒也沒關係的，甚至不需要跨越這一關。明明輕盈躲開然後忘掉就可以了。」

斧乃木小妹冷淡說完，接過我遞出的素描簿，像是檢查般翻閱。

「妳後悔這次和老朋友見面嗎？」

「唔～～並不是後悔……應該吧。」

剛才不小心說出「想成為法庭畫家」這個莫名其妙的謊，我對此感到丟臉。在哭奈面前，我無論如何都不敢說自己想成為漫畫家。

嗚，我也太愛面子了。

明明早就立誓要公開自己的夢想！

「在那時候說想成為法庭畫家，妳的品味也挺獨特的。或許是不經意把對方視為被告吧。這是國中生內心的黑暗。」

斧乃木小妹說。真敢說。

不過，或許我確實也有這個意思。也因為這樣，所以我很驚訝哭奈輕易答應當我的模特兒。畢竟哭奈對於他人的惡意相當敏感。

果然失去了很多東西吧。

和我認識的遠吠哭奈相比。

「如果是現在的哭奈，即使我說出自己的夢想，她或許也不會瞧不起……」

「說得也是。應該不會像妳親愛的父母那樣，一直叫妳『但只漫畫家』。」

「嗯……沒想到爸媽會用那種字詞來酸我。」

補充說明，是「『但』是也『只』能成為『漫畫家』的孩子」這個意思。

與其說是對女兒失禮，不如說是對漫畫家很失禮……以中傷來說，這種傷也太嚴重了。雖然我自覺造成莫大的困擾，但是對我這麼說就算了，我不允許他們對手塚治虫這麼說。

「妳父母也沒向手塚治虫說些什麼吧。記得妳當時有好好回嘴？說妳會成為手塚治虫。」

「我沒說。怎麼可能會說。」

「這麼說來，撫公，妳覺得ＡＩ手塚治虫怎麼樣？我這個以人類外型仿造的人偶很好奇這一點。」

這該怎麼說呢……

困難之處在於要以什麼標準認定是手塚的作品……雖說統稱為手塚治虫，卻有著各種不同的作品與時代。即使只拿《火之鳥》或《怪醫黑傑克》這些耳熟能詳的知名作品給ＡＩ深度學習，感覺從某方面來說就不是手塚治虫了。

「原來如此。即使反過來只收集手塚治虫的失敗作，應該也很難被認可。」

「手塚大師不會失敗。只是我們的理解能力不夠罷了。」

「像妳這種傢伙絕對不能參與ＡＩ手塚治虫的製作。」

「我不敢說自己要成為手塚治虫，不過如果是要成為手塚治虫的助手，我可能就敢說。」

「妳的志氣高得不可思議。」

從作畫技術到漫畫製作體制都完全改變的現代，手塚治虫到底會畫出什麼樣的作品？這或許就是困難點……可能會成為和我們想像的手塚治虫截然不同的作家。不只是創意問題，還有在現代經常被當成佳話的漫畫家與出版社人權問題。既然某些名作只能在那種環境誕生，必然只能得出「現代AI無法重現」這個結論。

「以我的立場，作風當然不用說，作家特性要重現到何種程度，也是我好奇的問題。假設AI手塚治虫畫的漫畫要改編成動畫，如果在這時候沒有親自參與製作，就不是手塚治虫了。」

「這部分就端看大師想要怎麼做吧。」

「妳這傢伙說得真像AI。」

感覺AI千石撫子做不出什麼正經事。

之前的四個千石撫子就是這種感覺。

「還有，AI手塚治虫也會被限制，不能畫出比手塚治虫更有趣的作品。」

「啊哈哈。不必擔心，再怎麼高超的AI都不可能做到這種事。」

「機器人造反的時候，妳這種傢伙會是率先被刪除的對象。實際上要是AI手塚治虫問世，漫畫界應該不會有妳介入的餘地。」

「唔……到時候，ＡＩ千石撫子肯定會繼承我的遺志喔。」

「如果ＡＩ千石撫子繼承妳的遺志，那應該會成為ＡＩ手塚治虫的助手。只要妳抱持能超越神的強大氣概，妳父母應該也會以另一個意思稱妳是『但只漫畫家』吧？雖然無所不能，『但』是『只』想成為『漫畫家』的孩子。」

斧乃木小妹說。

大概是想要激勵我吧。

不過，要是我實際表現這份志氣，感覺只會被說「那就先立志成為醫生吧」……如果我父母這麼識趣就好了。

「哇，全身這麼多洞啊……簡直像是曾經摔落刀山，比想像的還慘。普通的咒術反噬明明不會變成這樣……說不定她在某方面也對自己下咒了。」

「自己對自己下咒？」

「即使像是女王大人一樣，表現出傲慢不馴、旁若無人的態度，如果內心總是感到煩躁，就絕對不算是快樂的人生吧。順心如意的事情太多，會變得連少許壓力都無法承受。所以要是沒妳這種撐場面的手下就難以療癒。」

居然說我是手下。

斧乃木小妹說得好過分。

「不過這麼說來，像是遠吠哭奈或是阿良良木月火，妳真喜歡和這種驕傲自大的朋友混在一起。與其說手下，或許應該說妳有下等人的體質。」

「我不是那種討人厭的體質啦……」

但我很難否定這種看法。

手下、下等人這種形容方式令我感到羞愧，不過千石撫子從小學時代，就明顯傾向於想加入掌權者的旗下。

現在回想起來，在火炎姊妹之中擔任參謀的月火，正是最具代表性的象徵。小學二年級那時的我，懷著犬馬之心撲入掌權者的懷抱，殊不知這是飛蛾撲火。

「妳不只是因為外貌而獲選為隨從，妳這種在生態上依賴掌權者的生物陪在身旁，對於她們來說或許是一種血統證明書。比方說若是看見某條魚身旁圍繞著小判鯊，就會認為那條魚是鯊魚（註16）。」

「這個比喻真過分……」

「補充一下，小判鯊不是鯊魚。」

「叫做小判鯊卻連鯊魚都不是啊……」

我以前在副音軌聽過這段對話。

註16　中文的鮣魚，會以頭部的吸盤吸附在鯊魚等大型魚類或龜類身上共生，在日文引申為仗勢欺敵或是攀權附貴的意思。

記得是鯛魚的同類？

就算臭酸了還是鯛，叫做小判鯊卻是鯛。（註17）

「看起來同樣秉持孤獨主義，妳在這方面的生活方式卻和簡稱『鬼哥』的鬼哥哥不一樣。對於接受某人的庇護或是支配，妳絕對不是抱持消極態度，也擁有分辨強者的一流嗅覺。至於鬼哥則是把群聚視為敗北。聽說他現在在大學也是獨行俠。」

我認為這是不同的話題。

原來那個人在大學也是獨行俠啊……

「我想我也是對那種類型的人抱持憧憬吧。不過，想在強大權力底下過著安穩輕鬆的生活，這肯定是我內心強烈的願望……」

「原來妳有這種願望？真是不得了。但是就我來說，人生一旦變成那樣就完了。」

斧乃木小妹這麼說。暫住在阿良良木家那時候，我和月火同房的時期很長，所以才會覺得斧乃木小妹的感想很有分量嗎？明明是讀稿語氣。

「以《哆啦A夢》舉例的話就是小夫型吧。要接受胖虎的庇護還是哆啦A夢的庇護，被這麼問的話還挺令人猶豫的。畢竟哆啦A夢不會跟到學校教室。」

「說得也是。在教室裡有人可以依賴，這一點很重要。」

註17　日文諺語，意與「瘦死的駱駝比馬大」類似。

「換句話說妳不是小夫，是詩奈美。」

「《大耳鼠》的角色……」

《大耳鼠》有類似胖虎的角色嗎？

「不過被哭奈提拔為隨從造成的被害也很嚴重，而且到頭來，哭奈本人在那之後也失勢了。」

「這叫做自作自受。應該說作繭自縛嗎？但是實際上不是繭，是蛇。所以，事情就這麼虎頭蛇尾……不對，應該說順利完成了？」

斧乃木小妹以平淡的語氣問。

以這孩子的角度來看，既然沒有直接見到哭奈，也沒有什麼特別的情感，也沒什麼理由同情吧。

我回應「嗯」點了點頭。

「我拿哭奈當模特兒畫完那張圖之後，哭奈身上所有的洞就全部消失，連一個都不剩。『洞消失』也是一種矛盾的語法嗎？是語誤嗎？」

蛇的咬痕消失得一乾二淨。

包括臉部、脖子、胸口、手臂，應該也包括病患服與被子底下。大概是把她的洞，把她身上滿滿的孔洞，全部不管青紅皂白封進素描簿了。只不過，實際上沒有發生任何事。

這些巨蛇的痕跡，不只是連當事人都沒認知，甚至恐怕只有我看得見。我只不過是畫出了這種錯覺，這種幻象。

也就是在唱一場獨角戲。

我甚至懷疑這樣是否真的能解除詛咒。或許只是心情上舒坦一些，哭奈依然要繼續過著住院生活。

「事情當然不會這麼簡單。畢竟根源牽扯到洗人。就算這樣，只要想想妳被她做過什麼事，光是心情舒坦一些就很夠了吧？」

「妳說得沒錯。不過，只要想想她為我做過什麼事，就不是沒有酌情考量的餘地。」

我這麼說有點偽善。

應該不只是「有點」。

因為我並不是基於自己的意願，前來探望以前的朋友。如果沒有臥煙小姐的指示，哪有人會樂於進行這種面會……無論結果為何，事後肯定都不是滋味，心情會變得很差。

我之所以拿哭奈當模特兒畫圖，並不是立志想成為法庭畫家所需……更正，成為漫畫家所需的修行，而是在臥煙小姐的指導之下，立志想成為斧乃木小妹這樣的專家所需的修行。

「居然以我為目標，我好開心。會忍不住想為妳做任何事情喔。」

斧乃木小妹這麼說完，將素描簿畫好圖的那一頁撕下來回收。像是嚴謹封印般對摺再對摺之後收進口袋。

「不過，臥煙小姐應該沒要把撫公培育成我這種暴力型角色。畢竟我的『例外較多的規則』沒辦法解開反噬的詛咒……頂多只會在身上多開一個大洞。」

也就是以洞補洞吧。

不過以斧乃木小妹的狀況，會成為物理形式的洞。

「呼……」

無論如何，我盡力而為了。完成任務了。但也覺得無可奈何就是了……雖然要原諒我還是要繼續恨我都和我無關，不過哭奈的未來就看她自己了。

「那麼斧乃木小妹，回去吧。躺在房間床上，不用湯匙直接吃冰淇淋吧。」

「這個邀請甜美得像是冰淇淋，但是撫公，妳可別假裝忘記啊。」

斧乃木小妹像是乾冰般張開雙手擋住我的去路（回路？）。雖然這個動作符合女童形象非常可愛，但她張開的雙手隱含著能將這間醫院打成粉碎的臂力。

「還有一個要探視的對象吧？需要妳去面會並且解除詛咒，全身滿是孔洞的對象。兩人住進同一間醫院真是好辦事，妳說對吧？」

一點都不好辦。

不過，聽她這麼說就不得已了。

送佛送到西。但這次送的不是佛，是蛇。

我下定決心，轉身向後，以法庭畫家的身分，或者是以專家的身分，走向一年前詛咒我的另一個人——砂城寸志同學入住的病房。

004

「所以呢？向妳表白，被拒絕之後懷恨詛咒妳的昔日同學，運動社團的英雄砂城寸志小弟，果然沒有向妳道歉嗎？」

「嗯……不，他有向我道歉啊？雖然有道歉，卻說出『抱歉抱歉，不過，千石妳也有錯吧？我向妳道歉了，所以妳也要好好向我道歉喔』這種話……」

那是一場令我心情鬱悶，一點都不舒坦的面會……這麼說來，比起和哭奈的面會，這段對話或許留下更討厭的芥蒂。

對方隨口道歉之後，反過來要求這邊正式謝罪。這種不平衡的感覺，即使在經過許多天的現在回想起來，我也一直覺得很納悶。

每次回想都會火大。

「哈哈，因為人類各有自己的主觀啊。說不定寸志小弟認為自己是被妳這個壞女人誆騙，才會變得全身滿是孔洞。」

我可沒有誆騙他的自覺。

這種說法無憑無據。

居然說我是壞女人……但我也曾經被稱為最終大魔王。

因為顧及到哭奈，所以當時的我反倒是相當堅定拒絕才對……如果說問題就是出在這種做法，嗯，或許正如扇先生所說吧。

「所以甩掉別人也需要禮節嗎……」

「說得也是。千石小妹，妳明明看起來很容易上當卻守身如玉，寸志小弟才會不知所措吧。被看起來有機會，應該說很有機會的女生斷然拒絕，他那個帥哥當然嚥不下這口氣吧。」

「我不認為這一切都和您說的一模一樣。不過，該怎麼說……曾經詛咒我的一男一女，如今都變得全身滿是孔洞，我對此不禁想了很多。」

「千石小妹居然會思考，看來這件事真的很嚴重。」

「您以為我是笨蛋嗎？」

「至少妳的人生規劃不太聰明吧？居然不等國中畢業就開始一個人住，還立志成為法庭畫家。」

一直拿法庭畫家來做文章耶。

我來畫一張忍野扇被告吧？

「拜託饒了我吧，要是被妳畫出來，我就會和黑洞一樣消失無蹤喔。話說千石小妹，這部分是不是姑且說明一下比較好？或許有人是從這一集入門的。」

「有……有這種人嗎……」

究竟是經過什麼樣的陰錯陽差，才會從第怪季的第四集入門啊……不過為了讓我自己複習，說明一下應該比較好。

去年的某個時期，我同時被兩條蛇詛咒。不用說，其中一條是哭奈放的蛇，另一條是寸志同學放的蛇。

同時從不同方向詛咒我。

哭奈無法原諒自己喜歡的男生向我這個低階下等人的手下表白，寸志同學無法原諒我這個看起來很好騙的女生拒絕他的表白，各自向我下咒。

不是預先說好，是當時的風潮。

我的七百一國中當時流行這種「咒術」。不只是戀愛相關的「咒術」，像是「成績進步」或是「運動細胞強化」，種類算是相當豐富，不過總歸來說就是國中生適用的「咒術」。

雖然大多是毫無罪過，也就是名不副實的「商品」，但是也有「真物」混入其中。以我的狀況就是中了後者。

「哈哈，與其說是『真物』，應該說是『偽物』。是粗製濫造的劣質品。不過，纏在妳身上的兩條蛇，其中一條肯定被咩咩叔叔給妳的護身符淨化得乾乾淨淨吧？沒能完全除掉而逃走的蛇，應該只有一條才對……那麼為什麼一男一女都平等遭到咒術反噬？」

「我覺得是因為他們當時不只詛咒我一人……如果兩人都只被那條回來的蛇反咬，那麼再怎麼說，身上的洞也太多了。」

斧乃木小妹猜測也可能是自己對自己下咒，而且他們兩人也有可能這麼做，即使如此，包括我在內也要幾十個人一起詛咒，才會變成那個樣子吧。

基於這層意義，我在他們的心目中並不是特別的人……不是無可取代的左右手，也不是以紅線相連的真命天女。

只不過是無數……應該說無差別下咒的同學之一。

說不定出乎意料沒有任何理由，只是想試試付錢買到的「咒術」……就像是在測試刀子的鋒利度。而且，被哭奈或寸志同學詛咒的同學之中，應該也有人比我更得要領，更高明地對付詛咒。我反倒是相當大膽地試著自學應對方法，因而失敗的那一方。

以站在書店翻閱書籍獲得的知識試著自力救濟，導致被害程度擴大。

「千石小妹，不必這樣鄙視自己喔。正因為這樣獨立獨步，妳才得以再度見到曆哥哥與月火吧？」

「所以事到如今，我沒辦法打從心底對這件事感到高興……」

這算是有緣千里來相會嗎？

不過，沒完全淨化而逃走的那條蛇，到最後不知道是回到哭奈還是寸志同學身上，這一點令我在意。

「嗯，就這麼無法確定妳的報復是否成功，內心確實會覺得不太舒坦，心情會很鬱悶。」

「我並不是基於這個理由覺得不舒坦。」

「不過看到兩人現在這麼悽慘的模樣，應該會打從心底大笑他們活該，內心陰霾也一掃而空吧。痛快痛快。沒有比這更舒坦的事了。」

因為我不敢這麼想，所以扇先生代替我這麼想嗎……感覺這位男高中生真的像是體現了人類的另一面。

他是男高中生吧？

「即使是臥煙小姐的指示，妳明明可以不幫他們解除詛咒才對。」

如果我真的企圖報復，對象或許是扇先生您喔。這個人明白這一點嗎……

「明白喔。正因如此，所以為了盡可能將人類消滅……更正，將罪惡消除，我才會像這樣一口答應幫妳跑腿吧？」

他剛才說要將人類消滅嗎？

我是在和魔王說話嗎？

我一邊瑟瑟發抖，一邊從扇先生那裡接過一個附滾輪的行李箱。容積六十公升，像是要進行一場大旅行的這個大箱子裡，裝的是我以前畫的原稿。

離家獨立的時候，我不小心忘在衣櫃裡……雖說是離家獨立，不過我是和爸媽大吵一架之後，像是離家出走般奪門而出，所以只有隨手拿走一些東西，應該說當時我身上只有一枝筆與一本素描簿。

我是昭和時代的作家嗎？

這是年初發生的事件。

原本一直巧妙避免和爸媽討論畢業之後的事，但也因為當時是正月，彼此的戒心都鬆懈下來……以結果來說，我比預定時間更早開始一個人住。

上次完成工作之後，臥煙小姐為我安排的住處是從一月開始簽約，這也使得事態更加惡化……我是只要有處可逃就會順勢逃進去的那種人。

順帶一提，斧乃木小妹跟過來了。

那孩子看起來冷漠，其實超喜歡我。

然後，我察覺自己有東西忘了拿……應該說，我認為其他東西就算了，唯獨那些原稿不能留在爸媽那裡，但我也不能厚著臉皮回去，說到我能拜託的人也只有扇先生。

總之說得詳細一點，我剛開始是拜託月火，卻被拒絕了。

「月火小妹之所以是月火小妹，正是因為會在這種時候拒絕吧。哈哈！」

「沒出事嗎？沒被任何人發現嗎？」

「我原本打算和神原學姊辦完事情回去的時候順路過去，卻變成必須和曆哥哥同行，雖然妳借我的備用鑰匙弄丟了，但妳家裡沒人，所以我打破玻璃入侵，順便翻找一些東西之後，妳父母比預料的還早回來並且發現我，我就推倒他們逃走了。」

我不希望他做的事情，他全都做了。

居然推倒我爸媽……

再怎麼流氓也要有個限度。

「開玩笑的啦。都是騙妳的。」

「那就好……」

「除了備用鑰匙弄丟這件事。」

「如果這是真的，那你打破玻璃也是真的吧？」

請不要在我老家做出比斧乃木小妹更激烈的破壞行為……話說回來，我像這樣和扇先生交談的地點距離老家沒多遠，是那座知名的浪白公園。

臥煙小姐介紹的公寓，位於首都周邊的上好地段（雖說是「首都」卻不是東京。我們這種城鎮居民會把當地鬧區稱為「首都」），但我今天是特地跑這一趟來拿行李。

雖說不敢回老家露面，但是請扇先生專程前往首都的話，我終究過意不去，所以今天稍微返鄉。

這是雙手空空的凱旋。

「分量好多，我嚇了一跳。千石小妹，妳的產量好大。行李箱給妳，妳就這麼拖回去吧。看在妳接下來要踏上法外之路，這是我的餞別禮。」

「謝謝……」

看起來確實很耐用，感覺再怎麼凹凸不平的道路都不怕……不過一看就很堅固的這個行李箱感覺像是裝滿現金，有點恐怖。

可惜實際的內容物是我的塗鴉。

想到扇先生騎著BMX，把這麼巨大的行李箱當成邊車運來這裡，就覺得自己拜託事情的時候過於輕率。

「可……可是，這東西看起來這麼貴，我不能收。」

「放心，這是我模仿叔叔到處進行田野調查那時候在用的，換句話說是人設的遺痕。我今後再也不會外出旅行，所以如果妳願意繼承，我會很高興的。」

嗯，如果是這樣就可以。

但我也覺得他是把再也用不到卻難以處理又占空間的東西巧妙塞給我……給人「無根草轉學生」這個印象的扇先生，終於決定在這座城鎮落地生根了嗎？

和我剛好相反。

「而且，果然也和離開城鎮的曆哥哥剛好相反。互為表裏。這麼說來，月火小妹很生氣喔，說妳完全沒找她談過就離開城鎮。不然的話，接下來我們一起去道歉吧？」

「不要不要不要不要！」

所以她才會拒絕幫我嗎……

我打電話的時候，她明明完全沒表現出這種態度，聽起來像是一如往常笑咪咪婉拒的語氣，不過好可怕，這是她真正生氣時的生氣方式。

雖然不能單純做比較，不過比起哭奈，我果然比較害怕月火。

只不過，被月火拒絕之後，接下來我只能拜託沒有直接緣分的扇先生，我的人脈可想而知。

畢竟我也不忍心過於恣意使喚專家斧乃木小妹……只是以扇先生的立場，他說這麼做是要將罪惡消除（將人類消滅），所以也不是平白無故幫我這個忙。

扇先生即使不再旅行，田野調查的習慣似乎還是沒改掉，所以要求和我交談當成跑腿的代價。

聊我的近況，應該說是聊我在去年夏天所進行，令我懷念的和解巡禮。不過到最後沒能和解，而且接下來的幾個月也明顯失聯。甚至不知道他們兩人是否已經出院。

畢竟我也離家了……

「我覺得這樣就好喔。反正臥煙小姐也沒有真的希望妳和老朋友和解吧……不，那個人的真正用意，我無從揣測。」

是的。

她是可以和任何人成為朋友，具備前輩氣質的大姊姊，所以也可能真的想要仲裁孩子們的糾紛。

即使如此，這也是次要、次次要的目的吧。

首要的目的始終是回收詛咒。

「她好像想要樣本。蛇咒的樣本。」

這是相當重要的任務，而且以臥煙小姐的本事，（即使斧乃木小妹不擅長）其他適任的人才應該是要找多少就有多少，不過以專家的立場，也不能沒接受委託就平白闖入病房吧。

因此，這個任務連結到我的修行，應該說我的舊交。臥煙小姐在這方面的行事手腕，比哭奈或是月火更具備領導者的器量。

「反過來說，臥煙小姐現在處理的事件，或許棘手到必須連妳這個專家見習生都得動員。」

扇先生這麼分析。

原來如此，我沒以這種角度分析過……真是了不起的見識。不愧是曾經慘敗給臥煙小姐的人。

「任何人都會有慘敗的經驗喔。那場勝負，即使是我贏也不奇怪。」

他對此意外地執著。

關於扇先生與臥煙小姐的勝負，我不清楚詳細的原委……如果我去問斧乃木小妹，她應該會告訴我，但我不想積極打聽。

「我個人認為是平手。以我的說法就是和局。」

「您這份執著既不平又不和……」

「無論如何，先不提我和曆哥哥，我和臥煙小姐確實已經分出勝負，應該說做個了斷了。只不過，現在我應該也受到庇護，更正，受到監視吧。從這種觀點來看，千石小妹妳應該也和以前的朋友，和以前的男人做個了斷了吧？」

「『以前的男人』這個說法不對，『以前的朋友』這個說法也不太對……」

我並不是想說他們現在依然是我的朋友，甚至要反過來解釋，連以前是不是我的朋友都很難說。

只是，過度美化「友情」這種概念也不對吧。畢竟這無疑是一種互助關係。

不過，說到是否已經做個了斷，我在某方面無法苟同。之前說過很多次，鬱悶的心情像是沉澱般殘留在心底，總是一直思考是否有更好的做法。

「哈哈，面對罪孽深重到絕對不能原諒的人們，卻為了自己的方便，毫無原則就隨便饒恕，感覺妳懷抱著這種後悔或是罪惡感？」

「啊～～這個好像很接近……」

「這麼想就覺得，要不要原諒並沒有表面上這麼簡單。有時候不是因為寬容或是肚量大，單純是因為對方軟弱就原諒。因為軟弱，所以無法斷罪。也可能是基於利害關係而原諒。『這傢伙做過的事情不能原諒，不過考慮到今後就不得不原諒』，『現在原諒會對今後有利』，以上狀況就是最好的例子。不是道歉的一方退讓，而是原諒的一方退讓。即使在法庭說要『和解』，並不代表已經勉強接受並且和好。這也是『妖魔令』的另一面吧。」

「『妖魔令』？」

「曆哥哥這次的敵人。這一集的附錄。」

「原來那篇才是附錄？」

「雖然這次好像順利克服危機，但那個怪異是必須應付一輩子的類型。」

哎呀哎呀，看來那個人還是一樣活躍。

從名稱推測，應該是關於謝罪的妖怪吧。

「是的，妳以前的朋友以及以前的男人，反倒才應該被發布這種法律吧。只不過，假設他們完全承認當年的罪狀，由衷向妳謝罪，妳是否願意原諒也是另一回事吧。」

「嗯？什麼意思？」

「正如妳的體驗，若要原諒沒在反省的對手，內心會很不好受。不過如果因為對方有在反省與悔改，導致自己明明其實想要更加生氣卻不得不原諒，這種狀況就某方面來說也會令心情鬱悶。」

原來如此。

確實，假設哭奈或寸志同學垂頭喪氣，誠心誠意開口謝罪，或許我在這種時候才藏不住怒火吧。

當年做得那麼過分，卻以為只要道歉就能了事？我恐怕會說出這種話。

「感覺妳會變成逆撫子模式，說出『你們這些傢伙連反省或悔改的權利都沒有，懂了嗎？』這種話。」

「模仿得真像……而且我可能會這麼說。」

不過，如果客觀來看這段模仿，也可能演變成「這就難說了，不然是要我們怎麼做？」的狀況。

既然道不道歉都不會原諒，即使反省或悔改也不會原諒，那麼罪過應該怎麼補償？畢竟如果低頭鞠躬，可能會被說「只做表面工夫沒有意義」，如果付錢，可能會被說「問題不是錢」。

滅罪。如同人類持續寫下地球的歷史不曾滅亡，罪過也不會消滅嗎？

「嗯……一直責備到對方毀滅才罷休的這種心態，就某方面來說也是罪孽深重。對於責備的一方來說也會成為負擔。因為憎恨會為內心帶來黑暗。」

這倒是。

有種被臥煙小姐翻舊帳的感覺。

也可說是朝著舊傷口抹鹽。

「關於哭奈的事，我偶爾回想起來也會鬱悶。關於寸志同學的事，我明明幾乎早就忘光，明明聽到他的名字也沒感覺，不過直接見到他之後，我內心也重新感到鬱悶。」

「這樣也很過分，以對方的立場應該也是這麼回事吧，如果千石小妹妳這麼責備，臥煙小姐大概會很乾脆地道歉，會正式向妳謝罪吧。這麼一來，妳又會被迫做出選擇。面對親切道歉的大人，妳會無可奈何原諒她？還是嚴厲指責不原諒她？」

「……只能無可奈何原諒她吧。」

這是壞心眼的惡劣問題。

我現在的離家出走，是有臥煙小姐在背後撐腰……我的住處是臥煙小姐介紹的，我的生活也是接受她的專家薰陶而成立。十五歲國中生的魯莽獨居計畫，也可說是以她的人脈才得以成立……要是和她斷絕往來，我將會在街頭迷失。為了維持自己和臥煙小姐的關係性，被她道歉的時候，我也只能回應「這樣啊，嗯，總之，我並沒有那麼生氣……」含糊原諒，做為最起碼的抵抗。

我依然屈居於掌權者的旗下……

「哈哈，由此可見，曆哥哥真是了不起。因為他沒多想就和臥煙小姐斷絕往來，現在完全在街頭迷失自我。」

「那個人就是有這一面……」

這種說法或許沒心沒肺，但我由衷認為不會是這種結果。一時衝動就和臥煙小姐斷絕往來，簡直是匪夷所思。正因如此，所以會留下芥蒂。

就像是經過精心算計才採取行動……打造出無視於當事人自身意見，非得原諒的狀況。若說這是基於利害關係而讓步，內心應該會受挫吧。

不過，這也是一種思考方式。

能夠獲得藉口來原諒難以原諒的對象，就某種意義來說是幫了大忙。我並不是基於自身意願而讓步，這個藉口或許會成為今後輔助行動的石膏或拐杖。

關於臥煙小姐本身的事是這樣沒錯，不過關於哭奈與寸志同學的事，如果沒當成我專家修行的一環，那麼即使他們好好向我道歉，我也很可能不會原諒⋯⋯原來如此，這麼一來確實如扇先生所說，這部分已經做個了斷。

不用原諒也沒關係的——最喜歡我的斧乃木小妹對我這麼說過，不過在某些時候，原諒之後會更容易邁步向前。

以利弊來說是「弊」，不過以得失來說是「得」。

至少對我來說，繼續對哭奈與寸志同學抱持憤怒、憎恨與詛咒的心態，並不會成為任何動力。

「說得也是。以妳的情感特性，要是繼續懷恨在心，妳恐怕會再度成為神。臥煙小姐應該也是想避免這種事態吧。接下來要做一份大工作，必須去除所有風險要素才行。」

「聽您這麼一說，我無從反駁。」

「如果想得到原諒，不只要誠心誠意道歉，也需要足夠的智慧來提供原諒的藉口，這就是本次的教誨吧。害得曆哥哥受盡折磨，無從原諒的妖魔令，如果也有這項附加規則就好了。這在法律上應該不是一種解釋，而是一種修正。反過來說，像是月火小妹那樣讓人覺得『再怎麼對這傢伙生氣也沒用』，有可能也是求得原諒的妙招。」

「沒有這種可能吧？」

沒人猜得透她的想法喔。

在做出這個結論的時候，扇先生說「那麼，東西確實送達了」，重新跨上他騎來的腳踏車。

「謝謝妳聊往事給我聽，我回味無窮喔。對了，有一種意見是這麼說的。即使被做了不能原諒的事，也只能咬牙切齒不得不原諒的對象，就是自己的朋友與家人。」

「我無法採用這種意見。不要說得像是什麼佳話一樣。」

我已經沒辦法無條件對「家人」這兩個字覺得感動了。

「話說回來，妳順利和以前的朋友、以前的男人重逢，好像是很久之前的事情了，在那之後即使時光流逝、季節更迭、迎接了新的一年，臥煙小姐都沒有主動接觸妳嗎？」

「啊，嗯……雖然持續透過斧乃木小妹給我各種棘手的課題，不過關於這方面都沒有進展。說不定已經退件了。」

因為我交付給斧乃木小妹的素描簿畫得很差……不對，「退件」這個說法，或許太像是立志成為法庭畫家的人會罹患的職業病。

「明明還沒就職……妳這是無職業病嗎？」

扇先生說完之後，就這麼騎在腳踏車上，將某種金屬片交給我。還以為他這個男高中生拿出一些零用錢給我這個正在離家出走的女國中生，不過他交給我的是鑰匙。

他先前說弄丟的備用鑰匙。

「哈哈，千石小妹信賴我而交付的備用鑰匙，我怎麼可能弄丟呢？」

「什麼嘛……真是的。扇先生，不要開這種惡劣的玩笑啦。」

「抱歉抱歉。願意原諒我嗎？」

「不，這種小事用不著道歉……換句話說，您剛才說打破我家玻璃也是開玩笑的吧？」

005

機會難得，我原本想在家鄉逛一逛再回去，但是月火現在真的很生氣，萬一被她的網路逮到就完了（即使火炎姊妹解散，她在家鄉依然很吃得開，沒有讓出權力寶座），所以和扇先生分開之後，我決定立刻回去首都。

一溜煙倉皇逃走的感覺。

不，心情上是這麼想，實際上沒跑得這麼輕盈。走在道路的時候，搭乘電車的時候，搭乘公車的時候，巨大的行李箱都是沉重的負擔。即使不考慮月火的問題，帶著這種東西在家鄉閒逛，根本不是正常人會做的事情。毫無計畫才是正確解答。

話說，或許當初應該用貨到付款的方式寄到住處……不，雖然只是直覺，但是總覺得讓扇先生知道我現在的住處很危險。不過，即使對那個人保持這種理所當然的戒心，或許也沒什麼意義就是了……

說起來，我回收原稿的目的，是不希望父母手邊留著我立志想成為法庭畫家的痕跡（上次的離家出走也可以說是因此失敗），既然這個目的已經達成，我也可以把原稿扔在路邊的垃圾桶，或是埋在山上，甚至拿到河岸燒掉……不對，再怎麼說也不該這麼做。

以斧乃木小妹的說法，這或許是我的黑歷史，但是這樣就像是把我的過去當成不存在，我終究於心不忍。雖然只算是累積至今的塗鴉，然而如果沒有這些習作，我恐怕至今依然在北白蛇神社傲視凡間。要是在一千年後的未來成功以程式寫出AI千石撫子，那麼這個行李箱滿滿都是我不能無視的情報來源。

任憑思緒如此奔馳的我，氣喘吁吁拉著汗牛充棟的行李箱回到住處。

「喔，早早就弄到行李箱，準備得真齊全啊，千石。明明即將步入絕境卻這麼充滿幹勁，真令人開心。我的亢奮指數也狂飆到漲停板了。」

斧乃木小妹在我的公寓前面。由於住處是沒有電梯的公寓，所以我接下來終究想找力氣大的角色幫忙，有她在就省事多了。不過現在向我搭話的並不是戴眼罩的人偶（斧乃木小妹會叫我「撫公」或是「撫公爵」）。

是站在斧乃木小妹身旁的人物。

比黑暗還要漆黑，比陰沉還要深沉，身上西裝像是喪服的高瘦男性。明明太陽還沒下山，周圍卻彷彿連同他一起變得陰暗又陰寒的不祥專家。

話是這麼說，不過我這是第一次看見他的正裝打扮。

「您……您是……蠶（註18）先生。」

「是貝木。」

對對對，貝木先生。貝木泥舟先生。

我記得很清楚喔。

他是在去年的這個時候，讓我從蛇神回復為人類的專家——是專家，而且是騙徒。和忍野先生或是影縫小姐一樣，屬於臥煙小姐那一派……好像不對？反倒是被當成邊緣人……

話是這麼說，不過他和正式來說是影縫小姐式神的斧乃木小妹站在一起，看起來還挺帥氣的。

註18　日文「蠶」與「貝木」音近。

或許只是我個人喜歡大叔與女童的這個組合……老實說，雖然當時的記憶不太鮮明，但我確實沒機會向他道謝，就這麼再也沒見過他。

不過，像是突然從天而降的這場重逢，看起來並不是為了讓我道謝，更不是讓我為了當時差點殺掉貝木的往事道歉。

斧乃木小妹的表情令我有這種直覺。雖然她面無表情。

「搞得像是埋伏在這裡等妳回來了，千石。不過，這個看家的人偶無論如何都不讓我進屋……居然把我這個恩人當成罪犯看待，妳怎麼看？」

「因……因為貝木先生不只是恩人，更是罪犯……」

「說給他聽吧，撫公。到頭來就是你這傢伙薄利多銷賣『咒術』給國中生，我才會被好幾個人下咒。妳就儘管這麼說吧。」

斧乃木小妹明顯不太高興。

看來只是站在一起很帥氣，交情並沒有好到哪裡去……對，她說得沒錯。而且哭奈的詛咒以及寸志同學的詛咒，只要追溯源頭也一樣會查到這個騙徒。

補充說明，連月火的姊姊火憐，也曾經被貝木先生下咒而病倒好一陣子。

他這個人並沒有好到值得在這裡為了整整一年的久別敘舊。

「居然計較這麼久以前的事情，千石，妳做人器量太小了。虧我讓妳回復為人類。」

貝木先生無奈般聳肩。

這個動作像是在應付任性的孩子，不過厚顏無恥就是在說他這種人。比起哭奈、寸志同學或是月火，他這個純粹的罪犯果然是不同層級。

別說責備我，甚至說得像是要強賣人情給我……

感覺如果不小心向他道謝，他可能會向我收錢當謝禮。我明明是正在離家出走的貧窮女國中生。

不管怎麼說，貝木先生確實救了我一次，所以我也曾經把一知半解的道德觀當成耳邊風，想在將來重逢的時候好好向他道謝，不過像這樣真的重逢之後，我只覺得滿肚子火。

蛇腹滿是怒火。

「不不不，別用那種眼神看我，別用那種蛇眼看我。我會難過的。當時是我做錯事，我由衷反省了。對不起，都是我的錯。好，這件事到此為止。」

「斧乃木小妹，把這個人打飛。」

「遵命，主人。」

「妳的主人不是千石吧？」

斧乃木小妹真的擺出「例外較多之規則」的出招姿勢，貝木先生想避開她的指尖，朝我這裡接近一步。

真是的，扇先生說的「妖魔令」，在這個人面前根本沒什麼大不了的。

不，實際上，要是真正的罪犯出現在面前，原不原諒或是道不道歉這種理論都會迅速失去效力。

光靠文字遊戲無法彌補。

「可別得意忘形啊，千石。斧乃木現在這麼親近妳，或許是妳自戀心態的顯現。因為這傢伙是會徹底受到周圍影響的人偶。」

真是刺耳的指摘。

最喜歡我的斧乃木小妹，其實居然是最喜歡我的我自己……貝木先生像是剝奪他人幹勁般的酸人功力，也不是哭奈或月火比得上的。

我認為自己的自戀程度反而算少的……只是實際上不得而知。畢竟是我。

「話是這麼說，但是才經過一年，妳變了很多。」

「嗯？是指髮型嗎？」

「不，髮型早在我預料之中。」

怎麼可能。

這個人動不動就會說出很沒意義的謊。

「而且妳幫我報了一個仇，關於這件事就先向妳道謝吧。我可不想在事後被妳死皮賴臉討錢。」

「嗯？報仇？」

「撫公不用知道沒關係。」

情報被管制了。

總之，既然最喜歡我的斧乃木小妹說我不用知道沒關係，那我應該不用知道沒關係，不用知道比較好吧……但她這麼露骨隱瞞害我很在意。

「快點說明來意吧，貝木哥哥。是臥煙小姐要你過來的吧？」

斧乃木小妹稱呼他「貝木哥哥」嗎？

好感度胡亂提升了。

「臥煙小姐？」

如果是關於下一項修行的內容，明明經由斧乃木小妹或直接聯絡我就好……換句話說，貝木先生不是單純的信差嗎？

斧乃木小妹好像已經先聽過內容了……

「沒錯，我先前因為妳的那件事，被臥煙學姊逐出門派……但我聽說只要這次協助妳修行就可以重回門派，所以我二話不說把握了這個喜出望外的機會。如果是為了臥煙學姊，我就不再是為錢賣命，而是免費效力。」

看來檯面下有一大筆錢在運作。

雖然只是隨口提及，但是既然貝木先生暗示是我害他和臥煙小姐斷絕往來，我就不方便吐槽了……這也是騙徒的手法嗎？

不過，臥煙小姐出乎意料和各處斷絕往來耶。

斷絕往來的對象之中，具備共通點的有兩人了吧。

「而且我也在意妳後來變成什麼樣子。」

「滿嘴謊言……」

「不不不，我是說真的。到頭來，妳會不會和曆哥哥回復為原本的關係，再度回去當神明？我對此擔心得不得了，晚上也睡不著覺，都在吹口哨。」

口哨聲會引來蛇喔。

看來貝木先生認為我非常不可靠。

「我應該從這次事件學習到的教訓，應該是『兒孫自有兒孫福』吧。或許是『士別三日刮目相看』。」

「士」指的是男生，但我是女生。

還有，請不要擅自把我當成兒孫。你這個詛咒的源頭可不是我父親。

「妳說到重點了。」

貝木先生說。

「妳稱我是詛咒的源頭，不過嚴格來說，我只是微不足道的小販。只是將獲得的詛咒偽造之後廉價量產而已。」

「貝木哥哥，你還是去死一死吧。」

對付不死怪異的專家說起話來真是惡毒。我假裝沒聽到。

「沿著大排長蛇的隊列尋找源頭的源頭，就會在繞一大圈之後查到洗人。」

貝木先生這麼說。

洗人。五頭大蛇——洗人迂路子。

「所以臥煙學姊才會叫妳回收詛咒。說穿了，就是為了找到我昔日散布的蛇咒出處。為了查出蛇的大本營並且一網打盡。」

聽完貝木先生這段話，我倒抽一口氣……臥煙小姐促成我與同學和好，居然隱藏這麼宏大的意圖。

「洗人這傢伙對我來說是毫無關係的蛇，但是被情勢所逼，這次任務的團隊就由我來指揮了。」

關係可大了吧？您是當事人喔。

他說的指揮……對象是我……還有斧乃木小妹嗎？我以視線一瞥，女童默默點了點頭。不知何時，我已經可以用眼神和斧乃木小妹心靈相通了。

即使擁有這種默契，這個團隊也很奇怪……

騙徒、想成為法庭畫家的女孩、屍體人偶。

感覺會犯下天大的劇場型詐騙案。

不過，原來如此，自從面會哭奈與寸志同學之後，我一直覺得這個案件閒置了好久，不過看來臥煙小姐在這段時間並不是在玩樂。

她一方面從我回收的線索尋找目標對象的藏身處……另一方面尋找逐出門派銷聲匿跡的學弟進行交涉。

在我和父母僵持不下的這段期間……

「團隊取名為『股份有限公司偽善社』怎麼樣？」

「我記得這名字在某處用過。」（註19）

請不要把我列為詐騙集團的一分子。

不然我會被法庭畫家畫成圖畫……

而且，雖然要我猜測在各方面那麼照顧我的臥煙小姐在想什麼，實在是超越我的能力極限，但我難免從這個團隊的成員察覺頭領的意圖。

還在見習的我當然不用說，擔任隊長的居然是被逐出門派的貝木先生，另一名成員是正在閉門自省，一顆眼珠被沒收的斧乃木小妹……完全是在必要的時候隨時可以割捨，毫不足惜的棄子團隊吧？

是沒有實體的紙糊團隊。

註19　本系列作品的愚人節網頁「噓物語」的內容。

一般來說，在這種時候組成的應該是夢幻團隊，但現在這個夢魘團隊是怎麼回事……即使我再怎麼擅長討好強者，要我加入這個團隊還是難免卻步。居然要對騙徒阿諛奉承，我也太像是小混混了。

說起來，不只是團隊名稱或是團隊成員，還有一個更重要的問題啊？

「貝木先生，您突然這麼說，我也很為難。畢竟我也沒那麼閒……其實很閒就是了，但是閒著沒事的我，已經擬定計畫要開始努力了。我想在這個月畫一百五十頁的漫畫分鏡。」

「把這些計畫全部拋棄，全部唾棄吧。」

「您……您說『唾棄』不會說得太過分嗎……？」

「何況妳都已經像這樣做好旅行的準備，卻還賣關子想自抬身價，看來妳也從我這裡學到不少東西吧？」

咦？

旅行的準備……啊，難道是指這個行李箱嗎？絕對不只一百五十張那麼少，不是裝滿玉稿（註20）而是裝滿石稿，扇先生轉讓給我的行李箱……

這麼說來，貝木先生一開始好像說過「步入絕境的準備」這種話？我不認為他

註20　對於作者原稿的日文尊稱。

已經發現行李箱裡是昔日事件的關鍵物品，一直以為那句話是在挖苦朝著漫畫業界踏出第一步的我……不過他剛才說「旅行的準備」？

「沒錯，班機已經訂好了。我們要飛往沖繩的西表島。那裡正是魑魅魍魎蠢蠢欲動的蛇的大本營，洗人迂路子現在的根據地。」

「沖……沖繩？西表島？」

「不對，以那傢伙的說法應該不是『表』，是『裏』之島。」

貝木先生以莫名其妙的話語總結，不過請等一下，既然說到「班機」，那麼是現在就要飛往沖繩嗎？

「我不只沒去過沖繩，甚至也沒搭過飛機耶？第一次去外縣市就是去沖繩？沖繩是那個沖繩嗎？有恐怖的蛇會出沒的地方嗎？」

「妳這個抓蛇名人就大顯身手吧。發橫財的時間到了。」

斧乃木小妹說。

雖然是讀稿語氣，但她或許意外期待這趟沖繩之旅。

「太好了，撫公。第一次去外縣市就是去沖繩，妳可以好好炫耀了。向海人（註21）炫耀。」

註21　沖繩將從事漁業的人們統稱為「海人」。

「沒辦法炫耀吧？因為海人就住在當地。那……那麼貝木先生您呢？看您像是隊長一樣，應該說像是旅遊嚮導一樣冷靜沉著，但您去過沖繩縣嗎？」

「沒有。」

貝木先生緩慢搖了搖頭，並且戴上墨鏡。

「說來真巧，我也是打從出生到現在，連一次都沒去過沖繩縣。」

006

就這樣，我們「股份有限公司偽善社」突然啟程前往寒冬的沖繩縣，而且是沖繩縣的離島。在那裡等待我們的究竟是毒蛇？還是海蛇？

對了對了，我在機上（付了五百圓）請貝木先生告訴我一件事，洗人迂路子的本名好像叫做臥煙雨露湖？聽說是臥煙伊豆湖小姐不被原諒的女兒。

這是不能出現在表側，藏在裏側的祕密。

後記

說穿了，人生是後悔的連續，充滿「當時那麼做就好了」或是「當時這麼做就好了」的牢騷，但是否真的「當時那麼做就好了」或是「當時這麼做就好了」就很難說了，應該說這取決於自己憑什麼認定這樣「就好了」。思考這種問題的行為本身，感覺已經明顯是現在進行式的「不好」。「當時別後悔就好了」這句話其實就點出真理了吧？雖然這麼一來好像會一直犯下相同的失敗所以很恐怖，但是不斷犯下不同的失敗也沒什麼了不起。感覺只會增加自己受到致命傷的危險性……即使失敗依然活下來的人，就某方面來說，比起正常活下來的人更容易促進自身成長吧？如果人生真的是後悔的連續，那麼光是這種連續就是難能可貴的收穫嗎……既然再度後悔，就代表自己再度活了下來。只要說得出「結束」這兩個字就還沒結束。以上的說法並不能解釋本系列作品為何包含完結後的集數至今總共持續了十五年以上。

不用多說，本書的主題比起「後悔」更偏重於「謝罪」，一分為二的話就是「謝」與「罪」，也就是「認錯」與「罪過」。內文主要是在拿捏「憤怒」以及「道歉」的平衡（不平衡？），不過這兩者或許維持著某種程度的平衡。阿良良木的大學篇會是什麼感覺呢？我在撰寫的過程中滿懷期待，結果卻浮現出本應畢業的高中時代黑暗面，嚇了我一跳。這代表阿良良木自己的視野也有所擴展嗎？就這樣，本書是當你凝視深淵，深淵也可能撇過頭去的《第六話　扇・明燈》以及《第七話　扇・班機》。撫子篇也開始進入佳境，不過那邊我想單純寫得開朗一點。

封面的小扇（阿扇？）是立領學生服加裙子的混搭造型。實在是太美妙了。VOFAN老師，謝謝您。接下來終於是第怪季的《死物語（上）》以及《死物語（下）》。這次是迪斯托比亞・威爾圖奧佐・殊殺尊主再度登場，希望可以相隔許久再度同時出版兩本著作。

西尾維新

作者介紹

西尾維新 (NISIO ISIN)

1981 年出生，2002 年以第 23 屆梅菲斯特獎得獎作品《斬首循環》出道，包括從該作品開始的《戲言》系列，從首部動畫化作品《化物語》開始的《物語》系列，至今累積多本著作。

Illustration

VOFAN

1980 年出生，代表作品為詩畫集《Colorful Dreams》系列，在臺灣版《電玩通》擔任封面繪製。2005 年冬季由《FAUST Vol.6》在日本出道，2006 年起為本作品《物語》系列繪製封面與插圖。

譯者

哈泥蛙

專職譯者。譯作有《物語》系列、《新・推理要在晚餐後》、《能幹的貓今天也憂鬱》等等。

書盒子

扇物語

（原名：扇物語）

作者／西尾維新　插畫／VOFAN　譯者／張鈞堯
執行長／陳君平　榮譽發行人／黃鎮隆
協理／洪琇菁　國際版權／黃令歡、高子甯
總編輯／呂尚燁　美術主編／李政儀
執行編輯／丁玉霈
出版／城邦文化事業股份有限公司　尖端出版
台北市中山區民生東路二段一四一號十樓
電話：（〇二）二五〇〇七六〇〇　傳真：（〇二）二五〇〇二六八三
E-mail：7novels@mail2.spp.com.tw
發行／英屬蓋曼群島商家庭傳媒股份有限公司城邦分公司　尖端出版
台北市中山區民生東路二段一四一號十樓
電話：（〇二）二五〇〇—七六〇〇（代表號）
傳真：（〇二）二五〇〇—一九七九
中部以北經銷／楨彥有限公司（含宜花東）
電話：（〇二）八九一九—三三六九
傳真：（〇二）八九一四—五五二四
雲嘉經銷／智豐圖書股份有限公司　嘉義公司
電話：（〇五）二三三—三八五二
傳真：（〇五）二三三—三八六三
南部經銷／智豐圖書股份有限公司　高雄公司
電話：（〇七）三七三—〇〇七九
傳真：（〇七）三七三—〇〇八七
一代匯集／香港九龍旺角塘尾道六十四號龍駒企業大廈十樓B&D室
電話：（八五二）二七八三—八一〇二
傳真：（八五二）二七八二—一五二九
馬新經銷／城邦（馬新）出版集團　Cite(M)Sdn.Bhd.
E-mail：Cite@cite.com.my
法律顧問／王子文律師　元禾法律事務所
台北市羅斯福路三段三十七號十五樓
二〇二三年五月一版一刷
二〇二三年十一月一版二刷

■中文版■

國家圖書館出版品預行編目資料

扇物語 / 西尾維新 著 ; 哈泥蛙譯 . --初版.
--臺北市：尖端出版, 2023.05
面 ; 公分.--(書盒子)
譯自: 扇物語
ISBN 978-626-356-553-1(平裝)

861.57 112003796